RAPPELLE-TOI

DU MÊME AUTEUR

Pour en finir avec les années 80
(en collaboration avec Marie-Odile Briet et Valérie
Hénau),
Calman-Lévy, 1989.

Sur la Terre comme au Ciel
(en collaboration avec Francis Zamponi),
Calman-Lévy, 1990.

Une fin de siècle,
Calman-Lévy, 1994.

L'air du temps m'enrhume,
Calman-Lévy – *Le Nouvel Observateur,* 1997.

Nos années vaches folles,
NiL éditions, 1999.

Nos amis les journalistes (roman comique),
NiL éditions, 2002.

Nos amis les hétéros (roman de genres),
NiL éditions, 2004.

Une golden en dessert,
NiL éditions, 2006.

La Planète des saints,
Hachette littératures, 2007.

FRANÇOIS REYNAERT

RAPPELLE-TOI

(roman mélancolique)

NiL

NiL éditions, Paris, 2008
ISBN 978-2-84111-320-0

À V., l'unique

1.

« Hey Basile Polson, do you want to enlarge your penis ? » demandait le premier courriel. « Grosses salopes à petits prix ! » proposait le deuxième. Il doit exister des voisinages plus élégants pour retrouver le chemin de sa jeunesse. Le premier petit caillou blanc qui m'y mena fut un message, qui apparut un beau jour sur l'écran de mon ordinateur, entre ces douceurs qui font la joie d'une boîte aux lettres électronique. Il s'y trouvait aussi sans doute des publicités pour du Prozac. Au moins cette offre-là était-elle de saison. On devait être en janvier ou en février, ces temps où la pluie, la tristesse, le gris des journées n'en finissent plus de tuer le bonheur de vivre. Nous étions un mardi. C'était jour de comité de rédaction. Il se tenait alors dans la vaste salle où était mon petit bureau. De quoi parlait on ? De l'Irak ? D'un fait divers ? D'une flambée de voitures dans une banlieue jugée

« au bord de l'explosion » ? Qui est-ce qu'on a à Gaza ? Et le supplément « résidences secondaires », il est bouclé ? On mangeait le pain quotidien d'une rédaction de journal, la longue liste des malheurs d'aujourd'hui qui font les papiers de demain. La tête cachée derrière l'écran, j'écoutais d'une oreille vague en faisant le tri dans ces détritus de publicité dont nous bombarde par Internet le libéralisme américain. J'étais si las de tout, alors, je ne rêvais que de me faire oublier dans mon coin de paresse, à côté d'une plante verte, ma sœur. Parfois l'actualité, pour nous autres, journalistes, est un fouet, elle stimule les sangs, on la croirait chargée d'hormones. On s'engueule, on se frictionne, on se passionne et on se réconcilie bruyamment à propos de sujets dont on ne savait rien la veille et qu'on aura oubliés la semaine suivante. Parfois c'est une litanie d'ennui, la messe pour un athée.

Tout à coup, sur ma machine, donc, brilla ce qui m'apparut comme une étincelle, quelques mots frêles qui rougeoyaient d'un feu que je croyais éteint depuis si longtemps. L'adresse de l'expéditeur ne me disait rien : « plego@quelque chose.com ». L'objet, tout : « Juniac, le retour ».

Je déteste la nostalgie, cette maladie de vieillard qui étouffe l'époque. Des petits signes d'amis perdus de vue, de copains d'enfance, du lycée, de la fac, j'en reçois parfois. L'Internet prête à cela. C'est rapide, sans façon, pratique. On donne trois nouvelles, j'en renvoie deux, oui tout va bien, comme ça me fait plaisir, parfois on arrive même à se retrouver pour boire un verre, au bout du deuxième on ne sait plus quoi se dire, et voilà, on se promet de se revoir très vite, en sachant déjà qu'on ne se reverra jamais.

Cette fois, ce serait différent, je le sentais. J'étais si faible, si fragile alors, dans cet état d'hypersensibilité qui fait que l'intensité des effets dépasse toujours la gravité des causes. Ce n'était qu'un courriel au milieu d'autres. Je l'ai ouvert. Dedans, une simple photo, l'entrée d'un camping, bordé de pins. Au premier plan on voyait une caravane et des tentes ; loin derrière, des gens en maillot de bain ; dessous, cette légende « les tournesols, fin des années soixante-dix, début des années quatre-vingt ». Telle qu'elle était cadrée, la photo s'arrêtait à la route.

De l'autre côté de la route, c'était la plage, je m'en souviens tellement. Autour de moi continuait le cirque du jour : et les bisbilles au PS ? Quelqu'un était-il présent à la conférence sur la sécurité des consommateurs ? Sans savoir qui me l'avait envoyée, comment elle m'était arrivée, j'ai été happé par la magie de cette image, je me suis senti courir les pieds nus sur le tapis d'aiguilles de pin, traverser la départementale, me déshabiller à la hâte sur le sable chaud pour me jeter dans cette mer de perdition qui porte le nom doux et beau de mélancolie.

La voix tonnante de Ziegmens, le chef de service, me sortit de mes songes : « Polson ? On demande M. BA-SI-LE POL-SON ! ! ! ! Ma parole, il fait sa sieste, l'animal ! » La salle rit. Je revins à moi d'un coup.

« Euh ! excusez-moi, j'étais en grand reportage sur second life. » La salle rit encore. Au moins n'avais-je pas totalement perdu la main.

Pourtant, je l'ai dit, j'étais si mal alors, je me sentais à bout, je souffrais de cette maladie à laquelle peu de gens échappent, je suppose, qui s'appelle la quarantaine. Je ne tiens pas à insister sur ce sujet de l'âge, il n'intéresse que peu de monde. Ceux qui ont moins bâillent des histoires de vieux. Ceux qui ont plus bâillent de ces minauderies de jeunots. Et moi, je n'arrivais pas à me faire au mien. Avant, on a eu le sentiment de gravir des montagnes. Il a fallu trouver un métier, il a fallu assumer ce que l'on est. On l'a fait. On a un métier. On vit avec Victor. Même on est allé une fois ou l'autre en parler à la télévision, audace inconcevable seulement cinq ans avant. Aux beaux jours, on appelle cela le bonheur. Aux temps moroses, on le vit comme un faux plat, un faux plat à l'envers, une lente glissade vers la fin. Lorsque l'on est dans ces dispositions d'esprit, le passé n'a pas besoin de vous taper longtemps sur l'épaule pour vous faire tourner la tête.

« Juniac, le retour ». Curieusement, connaître l'expéditeur, et pourquoi il avait envoyé cette carte postale, comptait moins. Encore un copain d'avant comme les autres, encore un avec qui, une fois de plus, on n'échangerait rien que des banalités, une bière et des promesses qu'on ne tiendrait pas. J'ai cherché à dissiper mes états d'âme pour trouver une badinerie. J'ai écrit quelque chose de faussement lyrique : « Qui es-tu donc, ô mystérieux fantôme de notre jeunesse ? » et j'ai même réussi à me faire sourire (on peut être clown déprimé et rester cabot) en intitulant le tout : « À la recherche des tentes perdues ».

Ensuite, Catherine Zelda m'a emmené déjeuner au petit chinois où l'on a nos habi-

tudes. Je suppose qu'elle a eu de la conversation, j'étais ailleurs. En face d'elle se tenait
donc Basile Polson, la quarantaine, journaliste
au *Journal*, son copain de bureau, faisant
comme toujours de gros efforts pour manger
proprement son rouleau de printemps. Au
fond de lui, un adolescent courait en tongs
dans l'allée centrale d'un camping de Bretagne, jetant à droite à gauche, à tous les gens
attablés devant leurs caravanes, des « bon
appétit » sonores ; tenant à la main la grande
cocotte de fonte que le marchand de frites, de
l'autre côté de la route, allait remplir. « Bien
servi, tu dis que c'est pour nous », avait
insisté maman. « Ça c'est pour toi, c'est bien
servi », avait dit le marchand en secouant sa
salière sur les frites blondes. Il le disait à tout
le monde.

Vingt fois dans ma vie j'ai relu *Retour à
Brideshead*, ce chef-d'œuvre du romancier
anglais Evelyn Waugh dans lequel le narra-
teur, au mitan de sa vie, se remémore les bonheurs d'une jeunesse de flanelle et de cravates
de soie, de courses d'aviron, de sandwiches
aux concombres et de *tea-parties*. J'ai passé
les plus beaux moments de la mienne dans un
camping nommé Les Tournesols, en jeans
coupé aux cuisses et en sabots suédois, à manger des frites que l'on rapportait à l'auvent en

les gardant au chaud dans la cocotte fermée.
Je ne pense pas avoir été moins heureux que
le héros anglais.

Au retour du chinois, une réponse sur
l'ordinateur, intitulée « indices » : « Je suis
trop bon, je t'aide. Jipé, Véro, Rémi, fais le
compte il en manque un, et comme je suis
vraiment trop bon, je balance le joker.... Laurence, la belle Laurence... » Je n'avais bu que
du thé, pourtant, mon esprit s'est brouillé. Je
ne pense pas avoir abattu beaucoup de boulot
cet après-midi-là. Tout tournait dans ma tête.
Laurence, la belle Laurence, comme disait
le mail, d'accord, la belle Laurence-de-la-
grande-maison-à-gauche, pour lui donner son
nom complet de l'époque, je voyais parfaitement : ma fiancée officielle, des tomes de cor-
respondance pendant les trois années de lycée,
et à peine un baiser effleuré sur les lèvres par
été quand on se retrouvait. Il est timide avec
les filles, ça va s'arranger en vieillissant, tu
parles. Les autres prénoms se perdaient dans
mon souvenir. Pas Jipé, évidemment, il était
du Havre comme moi, une classe au-dessus,
et on se retrouvait l'été à Juniac. Un grand
garçon châtain à la peau douce, flegmatique et
serein. J'ai toujours pensé que ma sœur
Sophie en était folle. J'ai totalement oublié,

bien sûr, l'allure et le nom de la fille qu'il a épousée – on ne contrôle pas son inconscient. Sophie s'en souvient très bien. Encore aujourd'hui, elle en reparle de temps en temps : « Quand je pense à cette mocheté !

— Qui ?

— Quoi qui ! Mais Cécile je ne sais quoi, cette grande bringue blonde que Jipé a épousée ! Franchement, qu'est-ce qu'il lui trouve ! C'est à pleurer. » Ma sœur a le ressentiment durable et la mémoire des mots disparus. Elle dit toujours « mocheté ». Même notre grand mère aurait trouvé le terme désuet.

Quant aux autres...Véro et Rémi ? Probablement j'en avais croisé, mais quel Rémi, quelle Véro, et quand ? Il n'était pas si facile d'aller à la pêche aux souvenirs dans une période qui avait dû durer, je ne sais pas, huit ou dix ans.

M. Plego devait s'en douter, ou alors il eut des remords. Dix minutes plus tard, j'avais un nouveau mail : « Je te dis tout, je suis Patou. » Je relus la phrase. J'en éprouvai une sorte de vertige. Le nom ne me disait rien. Rien.

Cela m'était désagréable. Je n'aime pas oublier quiconque j'ai connu. Par courtoisie, évidemment. Par une sorte de complexe social inversé, aussi, l'idée m'est insupportable de laisser croire que je puisse renier quoi que ce soit de mes racines, de mon milieu social d'origine, de mon passé. J'ai renvoyé un message faussement désinvolte et vraiment embarrassé : « Cher Patou, appelons ça la maladie d'Alzheimer ! J'arrive très bien à mettre sur ton nom l'image très chic d'une vieille maison de couture. Mais rien d'autre. C'est idiot : tu n'es pas un parfum, tout de même ? » L'autre m'a fait poireauter jusqu'à la fin d'après-midi avant de m'envoyer cette dernière missive :

« Dis donc, la vedette de la télé ! Quand tu chantais « Parachutiste » de Maxime Le Forestier à la guitare, tu étais moins snob. Allez, je ne serais pas cruel plus longtemps : je suis Patrick Legoff. Ton vieux copain Patrick Legoff ! Les années Juniac, le phare, les feux de camp sur la plage, les sangria-parties ? C'est bon maintenant ? De toute façon, tu as un délai de grâce. Je t'écrivais ce matin pour vérifier que ton e-mail donné dans le journal était le bon, tu auras bientôt de quoi te rafraîchir la mémoire ! A +. »

J'ai relu le nom dix fois, vingt fois, peut-être, et toujours avec cette certitude. Je n'avais jamais croisé de Patrick Legoff de ma vie.

2.

Je ne savais rien de lui, je découvris qu'il avait au moins un talent très sûr en informatique. Deux jours plus tard, du même Plego, je recevais un autre message intitulé : « Putain ! trente ans ! » Le texte disait : « Je ne sais plus quand est-ce que tu as débarqué là-bas, toi. Moi, la première fois que je suis allé à Juniac, c'était à l'été 75. Tu te rends compte ! Et après tous les ans ou presque jusqu'en 85 ! Et ça fait vingt ans ! Alors clique sur le lien au-dessus, et tu verras. » En allant sur le lien indiqué, on tombait sur une photo animée d'un objet culte des années soixante-dix que l'on appelait, je crois, une lampe à bulles, un de ces tubes éclairés dans lequel montaient et descendaient des méduses flasques et phosphorescentes. Même les plus jeunes voient de quoi je parle, l'objet était suffisamment ignoble pour qu'on le remette à la mode. Avec Yann, un de mes copains de CES dont la mère possédait une de ces splendeurs, nous avions calculé qu'après un goûter un rien chargé en Banania, il ne fallait pas huit minutes en fixant la méduse pour être sûr de vomir. Cette fois, lorsqu'on réussissait à l'attraper dans son mouvement pour cliquer dessus, apparaissait un *carton*, comme on disait du temps du cinéma muet, mais de ce style appelé « psychédélique ». Sur un fond mauve très réussi, en lettres *pop* donc, on lisait : « 1975-2005, trente ans ça se fête. Sortez vos sabots et vos vestes afghanes ! Tous à la boum souvenir des Tournesols : on se pintera à la sangria ! » Suivait une date, en avril, je crois, je n'y ai pas prêté attention. En cliquant à nouveau, sur une petite flèche indiquant « spécial Basile », on arrivait sur une photo, celle du camp que j'avais vue déjà. Un seul détail avait changé. Sur le corps du plagiste en slip de bain se trouvant à côté de l'entrée, Patrick avait collé ma propre photo, une photo d'aujourd'hui, c'était un timbre-poste qui passait parfois dans la presse télé, pour illustrer une annonce de « Parlons peu », la bavarde émission de politique dans laquelle j'essayais de placer un mot, chaque semaine, à pas d'heure.

« Bon d'accord, tu n'as plus l'âge de l'époque, mais regarde et chante avec moi : mais toi non plus..., tu n'as pas changé ! »

C'était donc ça. Un de ces anniversaires à la noix, un de ces retours sur jeunesse qui sont de saison. Je le répète, je hais la nostalgie. J'y cède comme tout le monde, à mes heures de faiblesse, en écrasant une larme sur le temps qui fuit, mais je hais la nostalgie par principe politique, parce qu'elle est devenue un mal social. Elle est partout, dans les disques de chansons, les émissions de télé, les succès au cinéma, on baigne toujours dans l'*Amélie Poulain*, le poster de Doisneau, le chromo, les actualités Pathé des années cinquante. Et les commémorations ! Les commémorations ! Cherchez à savoir ce qui a eu lieu durant les dix dernières années en France, c'est simple : on est passés des célébrations du cinquantième anniversaire de la fin de la Seconde Guerre mondiale aux célébrations du soixantième. Et allons-y pour les films en costumes et les romans d'époque, le tout à l'ombre du képi transformé en auréole de saint de Gaulle.

Et encore ! Dans l'armoire de ce passé-là, pour qui rêve d'héroïsme de substitution, il y a des trouvailles à faire. Mais en venir à célébrer des vacances en camping pendant les années Giscard ?

Le peu d'éclat historique de ma génération, comme tant de gens de mon âge, je l'ai longtemps vécu avec résignation. L'a-t-on entendu l'air de la bof génération et les sarcasmes qui allaient avec ! En avons-nous supporté des leçons de morale historique de ces crétins satisfaits de leur décoration congénitale : eux avaient eu le flair politique de naître dix ou quinze ans avant pour pouvoir, quel talent, avoir le bon âge en 68. Et allons-y pour l'interminable tour de manège historique, avec vol de pavés sur la rue Gay-Lussac et états d'armes révolutionnaires : je vais t'expliquer. Moi, j'étais mao, mais non, pas comme Dominique ! Dominique était trotsk, putain, vous y connaissez vraiment rien les jeunes, je t'explique, mao spontex, ça tu sais quand même ? non ? je t'explique...

Longtemps, disais-je, ces épopées casse-burnes, je les ai écoutées avec un sourire bonasse et rien à répliquer, que raconter en retour ? C'était idiot, il n'y a aucune raison de se moquer de ce vide historique ; on devrait plutôt s'en servir comme d'une chance. Quelle aubaine de n'avoir rien fait de ses vingt ans, on a tout à espérer de ses quarante. Et il faudrait les gâcher encore avec cette régression bêtassonne, il faudrait aller, comme c'est la mode, s'agiter dans des boîtes de nuit au rythme de chansons de séries télé-visées idiotes que je n'ai même pas vues ? Et avec ça, se peler en avril à Juniac ? En avril !

J'ai répondu à ma manière, vague.

« Super ! elle est super ton invitation Patrick, on s'y voit déjà. Ça me ferait vraiment plaisir d'être là, seulement avril est difficile, c'est dur à prévoir aujourd'hui exactement, mais je crois savoir qu'avec les élections, "Parlons peu" va m'envoyer en tournage... » Il va de soi que je ne savais absolument pas de quelles élections j'avais parlé. Il me semble même que ce printemps-là a été le seul sans la moindre consultation depuis longtemps.

La réponse vint vite : « Fais pas ta star. En plus tout le monde t'attend. »

3.

Nous sommes tous pareils. Arc-boutés sur des principes, et toujours prêts à les enfreindre. « Tout le monde t'attend. » Je déteste la nostalgie, et je suis curieux. La phrase me trottait dans la tête, évidemment. Qui, tout le monde ? Je ne crois pas aux retrouvailles, elles ne donnent jamais ce qu'on en espère. En même temps, je ne peux m'empêcher de les imaginer. Comment sont-ils, ceux de jadis ? Il se glisse parfois dans ce sentiment un rien de perfidie. Cette joie mauvaise que l'on éprouve à apprendre, au détour d'une conversation, que le joli cœur exaspérant qui tombait toutes les filles en classe de troisième est devenu un gros type chauve, bedonnant et ennuyeux. Parfois, on veut seulement savoir ce que la vie a réservé aux autres. Parfois aussi on s'en fout. Cela dépend des périodes, j'imagine. Durant celle-là, j'étais, je l'ai dit, d'une tristesse et d'une fragilité insondables, cela pousse à la mélancolie.

En outre, le mystère Patrick Legoff m'intriguait toujours. J'y pensais sans cesse. J'essayai Internet. Une copine du journal m'avait parlé de cette technique. De temps en temps, quand elle s'ennuyait à la rédaction, elle tapait le nom de son amoureux de terminale sur un moteur de recherche. Le type s'appelait Jacques Leblanc, le nom m'avait frappé à cause de sa banalité, précisément. Des Jacques Leblanc, il y en a des milliers, comment en retrouver un en particulier ? « Justement, avait-elle répondu avec cette logique d'une stupéfiante beauté, chaque fois j'en trouve un nouveau et je peux lui inventer des vies. »

Des Patrick Legoff, répertoriés par Google, il y en avait moins, mais aucun ne m'allait : un spécialiste des questions de l'enfance en difficulté, un joueur de tennis qui n'avait pas le bon âge, et un autre qui l'avait encore moins, on le trouvait sur un site de généalogie, il était mort en 1783.

J'aurais pu chercher à joindre ceux de Juniac dont le souvenir et les noms m'étaient restés. C'était risqué, cela m'aurait poussé dans ce traquenard que je voulais éviter. Je pouvais aussi jouer une autre carte, aller tester une mémoire vive de ces années, elle saurait sûrement, elle savait tout de ce temps-là.

Je me revois encore, un samedi, vers quatre heures, posant mon vélo comme au temps de la sortie de l'école, sur la grille verte de la maison de ma tante Solange, à Ferdicourt, à côté de Mer-sur-Mer, la petite ville de mon enfance. Arriver jusque-là n'avait pas été simple. Par une forme de prudence que l'on comprendra par la suite, j'avais préféré mentir à Victor, ne lui parlant pas de cette histoire de Juniac, prétextant une vague affaire de famille très ennuyeuse à régler, ça ne l'avait pas dérangé beaucoup, nous sommes de ces couples qui aimons nous séparer de temps à autre, cela augmente d'autant le bonheur de se retrouver. J'avais menti aussi à mes parents, une autre pudeur sans doute, un pressentiment. Je ne savais rien encore, mais j'avais peur déjà de ce vers quoi j'allais. Il avait fallu s'échapper deux heures dans l'après midi, ce n'était pas aisé. On se demande parfois à quoi sert de grandir. Fuir pour une paire d'heures de chez son père et sa mère, un samedi que l'on est de passage, est encore plus difficile à quarante ans qu'à huit. Et j'avais, la veille, fait le mystérieux au téléphone avec ma tante : « Il faudrait qu'on se parle... tous les deux... rien que tous les deux. » Cela n'avait pas posé de problème, elle adore les mystères.

Je n'ai pas fini d'attacher le vélo qu'elle apparaît sur le seuil en haut des marches. Elle s'agite, elle me sourit, elle crie : « Non ! Mets-le dans le garage, avec toute cette pluie » (il fait un temps splendide). Elle se tourne vers la maison : « Roooooger..., va ouvrir le garage pour Basiiiiille. » Il y a peu d'êtres qui m'ont tant marqué, tant formé, que j'aime autant que ma tante Solange. Elle est toujours la même, cette indéfrisable éternelle, ses grandes lunettes qui lui mangent le visage, sa *petite robe* – elle dit comme ça, elle se montre, se tourne, s'inquiète, « Tu l'aimes ma *petite robe* ? » Est-elle plus courbée ? Ses mains sont-elles un peu plus raidies par les rhumatismes ? Je ne sais pas, je ne le vois pas. Solange, la cousine de ma mère, on l'appelle ma tante, c'est ainsi depuis toujours, elle est la femme de Roger, on dit mon oncle. Par alliance, cela s'entend. Quel âge a-t-elle ? Elle le dira tout à l'heure : « J'ai bientôt quatre-vingts. Tu le crois ça ?

— Non.

— Moi non plus, dans ma tête, tu sais, j'en ai toujours dix-sept. »

Ses dix-sept ans, elle les a toujours eus. Il y a dix ans, il y a vingt, trente ans, c'était le même rituel, avec un petit garçon alors, en face d'elle : « Tu sais quel âge elle a ta tante Solange, ma puce ? Cinquante ? Cinquante, tu te rends compte, deux fois vingt. Mais non qu'est-ce que je dis, cinquante ça fait... ; ça fait... un demi-siècle ! un demi-siècle ! Tu le crois ça ? »

Non, pas plus qu'aujourd'hui.

Je pourrais réécrire ma vie en suivant les petits cailloux des bonheurs, des fous rires que nous avons partagés. J'ai huit ans, la fin des folles années soixante, twist à Saint-Tropez et Moody Blues qui chantent dans la nuit. Nous sommes en vacances dans les Vosges, ma tante Solange fait mon éducation, elle m'apprend à danser le jerk dans la caravane, la nouvelle Sterckemann ultramoderne que mon oncle Roger a achetée en juin, avec un vrai robinet d'où coule de l'eau et un coin toilette dont on se sert pour ranger les légumes. Lui lit un roman policier sous l'auvent. On compte les pas. Pour le jerk aujourd'hui, comme pour le paso doble la semaine passée, avec ma tante Solange, c'est tout un, on compte les pas, et à haute voix, sinon on se trompe. J'essaie de me concentrer, je suis si consciencieux que d'un coup de bras malencontreux, je fais chuter la poêle et son reste de sauce tomate. Un temps de stupéfaction devant ma bêtise, un regard à ma tante puis une explosion de rires, des rires à s'en éclater les abdominaux, des rires à s'en faire pipi dans le slip de bain en éponge. Mon oncle Roger se lève, va chercher une serpillière, il râle à peine.

J'ai treize ans, la révolution sexuelle bat son plein, encore un fou rire, entre ma tante Solange et ma mère, cette fois. La première raconte à la seconde *Le Dernier Tango à Paris* qu'elle a vu le mois d'avant, au Havre. Je suis sous l'auvent, j'entends tout, mais je ne comprends pas grand-chose. Elles s'aperçoivent de ma présence. « C'est quoi ce film, qui vous fait rire ? » Ma tante Solange ne se démonte pas, elle le raconte, mais en version *Martine est amoureuse*.

« Alors c'est une dame, elle est très amoureuse de Marlon Brando parce qu'il est très gentil. Si ! Très gentil avec elle. » Ma mère est obligée de sortir en hoquetant, tant elle rit. Ma tante Solange n'y tient plus, elle explose à nouveau. Alors moi aussi je me mets à rire, un peu d'abord, puis en fontaine, en geyser. Je n'ai toujours pas compris grand-chose, je suis un peu niais pour mes treize ans, mais je suis comme Marlon Brando, j'aime faire plaisir.

Du camping des Tournesols, elle est le pilier depuis des temps immémoriaux. Le lieu appartient à l'EDF, où travaillait son mari. C'était si beau, si bien, pas du tout comme les camps municipaux, où l'on ne sait jamais sur qui l'on tombe comme voisins. Contaminés par son enthousiasme, mes parents et nous y avons passé le mois, parfois, grâce à une carte « invités » décrochée spécialement par mon oncle, dans un grand bureau du Havre. Puis mes parents sont moins venus, parce que les vacances ne tombaient pas toujours en juillet. Ma sœur s'en est éloignée, parce qu'elle préférait aller apprendre l'anglais en Angleterre, et moi, mais seulement à partir de la première, j'ai eu le droit d'y venir avec ma petite tente, sous la surveillance de ma grande. C'était la blague rituelle de mon oncle Roger, quand tous les deux venaient faire un tour de ronde à l'entrée du camp, dans le coin des jeunes, où j'avais planté mon bivouac : « Attention sous les canadiennes, voilà la tante. »

On s'est assis tous les deux dans la véranda dominant le jardin, après s'être assurés d'y être tranquilles. Ça n'a pas été trop difficile, mon oncle Roger avait justement une course à faire. Ah non c'est vrai, il s'en était chargé ce matin. Sinon il regarderait son foot à la télé, non ? Il n'y avait pas du foot à la télé ? Alors son rugby ?

« Est-ce que tu te souviens d'un garçon qui était ami avec nous, dans la bande de Juniac, et qui s'appelle Patrick Legoff. » Je suis allé au fait directement, cela me fait drôle de lui parler aujourd'hui avec autant de sérieux, d'adulte à adulte. « Attends... Patrick... Oui, Patrick, je vois bien, un roux, un petit marrant. Ah non, le nom ce n'était pas Legoff, tu m'as dit Legoff ? » Elle cherche, elle cherche. Un air complice et pudique tout à la fois se dessine sur son visage, elle approche sa main de la mienne, sur la table : « C'est un de tes... enfin je veux dire vous aviez... » Elle cherche ses mots, cette fois. J'aime sa délicatesse. Pendant longtemps, je ne lui ai pas parlé de ma vie. Au début, elle jouait le jeu : « Alors ma puce, tu n'oses pas montrer ta petite fiancée à ta tante Solange ? » Puis elle le joua avec plus de finesse. Elle disait : « Alors ma puce, est-ce que tu as *quelqu'un* ? » Enfin je lui dis ma vérité, ma vie, Victor, je m'attendais à un rien de surprise. Comme on se trompe sur les autres et soi-même ! Il n'y eut que du soulagement : « Comme je suis contente que tu m'en parles, je voulais t'en parler moi, depuis des années, et je n'osais pas. »

Elle continue toutefois de tourner autour des mots, comme avant, non par gêne, par tact : « Je te demande, mais ça ne me regarde pas... » Elle est ainsi, elle adore les histoires d'amour. Je comprends enfin, je dénie en riant, pour évacuer le sujet : « Ah non ! Pas du tout ! C'est juste quelqu'un qui m'a écrit, et je ne retrouve plus de qui il s'agit... » Elle repart au fond de sa mémoire en se concentrant plus, et ça n'arrivera à rien. Elle connaît la généalogie de chaque emplacement de caravane, elle se souvient des amours d'été de trois générations au moins, elle sait bien pourquoi la petite Marie-Annick avait finalement épousé le fils des Prouveur de Saint-Dié, quand tout le monde la voyait amoureuse de Jean No, le moniteur de voile. Oui, elle avait été folle de lui, mais ma tante Solange savait qu'il n'avait pas été *convenable*, c'était son mot. La petite Marie-Annick, aujourd'hui, devait avoir cinquante-cinq ans, sans doute avait-elle divorcé, peut-être était-elle grand-mère. Tante Solange cherche, s'égare dans les méandres d'années et d'années de juillets soleilleux à l'ombre des pins, les Legoff, ça n'était pas ceux de Saint-Brieuc ? c'était un marrant, le père, tu ne te souviens pas, il chantait « Pétronille tu sens la menthe ! » à tous les feux de camp, ah non, je suis bête, lui c'était Legal, Pierre Legal, et il avait deux filles.

Elle repart sur les chemins de la mémoire, s'y embourbe, passe par chez les Bonaventura

– « Tu te souviens des Bonaventura, elle est morte dis donc ! en une journée ! », revient par notre famille – « Dis donc ! Ta mère, ça fait au moins une semaine que je n'ai pas de nouvelles. Non ! non ! Je ne dirai pas que tu es venu si ça te gêne, ne t'embête pas, je ne dirai pas, mais embrasse-la pour moi, ah non ! je suis bête ! comment tu vas faire si tu ne peux pas dire que tu viens d'ici, c'est rien, embrasse-la quand même » – virevolte à nouveau sur les sentes du passé – « Tu te souviens comme tu étais mignon avec ton petit slip rouge que Mémé Jeanne avait tricoté ! oh ce que tu étais marrant. » Le fantôme de Patrick Legoff est loin, on ne le retrouvera pas. Ça ne fait rien. Quel âge a ma tante Solange ? Et moi ? Sept ans ? Huit ?

De retour à la maison de mes parents, j'ai fait une dernière tentative. Sous un prétexte quelconque – « Les bouquins que j'avais au lycée, ils sont au grenier, non ?, j'en cherche un, il est introuvable aujourd'hui, c'est pour une enquête que j'ai lancée pour le service littéraire » – je suis monté sous les combles, tout y était soigneusement rangé, sur des étagères clouées de part et d'autre de la pièce, d'un côté « affaires Sophie », de l'autre « affaires Basile ». Tout y était, au milieu de classeurs

pleins de vieilles notes de cours que plus personne ne lirait jamais et de partitions poussié-
reuses, tout y était, dans la boîte de carton où
je les avais glissées jadis : « lettres perso ». Je
ne crois pas qu'elle ait jamais été ouverte, ou
alors discrètement, j'ai eu le sentiment de
retrouver ce fouillis d'enveloppes, de cartes
postales, de photos dans l'état de désordre où
je l'avais laissé, un mois de septembre avant
de partir pour la fac, il y a longtemps. Il ne
faut pas rouvrir les tombeaux de carton. Il est
peu d'exercice plus déprimant que de faire
revivre son adolescence à travers des cartes
postales qui ne disent rien, des récits rigolards
dont on ne sait plus le contexte, et des mots
d'amour dont on n'arrive pas à lire la signa-
ture. « Je n'ose tout de même pas citer Tar-
tuffe, dit cette lettre-là, d'une écriture ronde et
noire, se détachant sur un joli papier bleu
pâle :

En vous est mon espoir, mon bien, ma quiétude
De vous dépend ma peine ou ma béatitude
Et je vais être enfin par votre seul arrêt
Heureux si vous voulez, malheureux s'il vous
plaît.

Qui m'a écrit cela ? Fille ? Garçon ? Et
quand ? Qu'est devenu maintenant cet amour

si cultivé? Acteur aux Tréteaux de France? Rêveuse secrétaire d'un armateur du Havre?

Les amours de ce temps... J'étais là, accroupi dans ce grenier, à faire semblant de chercher un Patrick. Tout en moi tremblait de tomber sur un autre nom, qui me brûle encore, que je ne voulais plus voir. J'ai entendu le pas de mon père dans l'escalier : « Tu le trouves ton livre? Tu veux de l'aide? Il faut que tu te dépêches, si tu ne veux pas rater le train. » J'ai tressailli bêtement, comme un adolescent pris en faute. J'ai glissé quelques lettres dans mon sac de sport, à la hâte, en voleur. J'ai placé deux ou trois livres au-dessus, pour donner le change. Puis je me suis repris. J'ai crié à mon père de patienter, d'une voix quasi autoritaire, ce qui ne m'arrive jamais. J'ai rouvert le sac, remis les livres et toutes les lettres à leur place, dans le carton d'où je n'aurais pas dû les sortir. Et j'ai passé les deux heures de voyage hanté par le nom brûlant, par son visage dont chaque détail me revenait, par son corps, par le grain de sa peau, et luttant pour chasser ces images de mes pensées comme un pauvre curé d'Ars en blue-jeans que le Grappin serait venu tenter sur les banquettes orange d'un train Corail.

Victor était à la gare, fidèle, rieur, sautillant sur le quai comme il le fait toujours pour dire sa joie enfantine à me retrouver. Il est d'une finesse de sonar. J'ai joué un jeu bêta : « Super de te retrouver, ah ! quelle journée ! les parents tu sais comment ils sont ! » Il n'a rien dit d'abord. Puis, dans la soirée, devant le repas qu'il avait si bien préparé, son beau visage peu à peu s'est renfrogné : « Qu'est-ce qu'il y a, Basile, qu'est-ce qui s'est passé à Mer ? Ça ne va pas ? Ne mens pas, je le sens. » Il sent tout. J'étais coincé, je déteste lui mentir, je déteste ne pas pouvoir être aussi droit et franc que lui, mais lui raconter quoi ? Que j'étais parti à la recherche d'un fantôme et que cela en avait réveillé un autre ?

J'ai essayé de dire ce que je pouvais dire : « Ne me demande rien, Vic, je te jure qu'il n'y a rien à te raconter, je te jure que je t'aime plus que tout. »

Le lendemain même, un lundi donc, j'ai reçu le dernier mail de Plego :

« Tu te demandes qui sera là, hein, petit curieux ! Alors je te dis ceux que j'ai pour l'instant. » Il énumérait trois noms.

« Laurence, oui la belle Laurence..., tu te souviens. » Oui, je me souviens, décidément, il devient insistant.

« Sûrement Jipé, s'il peut se libérer. Enfin le commandant Jipé ! Eh oui, notre Jipé est

commandant de gendarmerie. Commandant !
comme je te dis ! Il y en a qui ont réussi ! »
L'info était à se tordre. La dernière fois que
j'avais vu ce Jean-Pierre, il portait les cheveux longs, il grattouillait du Leonard Cohen
à la guitare et préparait des études de psycho.
Je n'ai pas eu le temps de m'attarder sur les
hasards des destinées humaines, mon œil est
tombé sur le dernier nom cité. Tony. De
l'écrire seulement, de retrouver ce prénom qui
semble si vieillot, aujourd'hui, ce vrai prénom
de prolo des années soixante-dix, je sens cette
griffure au ventre qui me fait mal. Sans vouloir le chercher, tout en ne cherchant que lui,
je ne l'avais pas trouvé dans les lettres de la
veille. Je le retrouvais sur l'écran de mon
ordinateur, au cœur d'un message envoyé par
un inconnu. Je n'ai pas cherché à m'appesan-
tir sur l'incongruité de tout cela. En outre,
Tony c'était Juniac, bien sûr, mais pas les
mêmes cercles, pas les mêmes bandes, pas les
Tournesols, pas la même histoire. Je n'ai pas
cherché à enquêter encore, à confronter, à
appeler, à me renseigner. J'ai fermé les yeux,
j'ai pensé à Victor, je me suis redit plusieurs
fois la phrase que je lui avais dite encore la
veille, cette phrase rituelle, que je lui chu-
chote avant que l'on ne s'endorme, « je t'aime
plus que tout, je t'aime plus que tout ». Puis

j'ai effacé le message. Puis je suis remonté dans les boîtes d'envoi de la messagerie pour effacer méthodiquement tous les autres messages de Plego, un inconnu dont j'entendais qu'il le reste à jamais. Après, il y eut les vacances de février. Nous sommes partis Victor et moi, à Budapest, je m'en souviens, on était amoureux ; on a nagé dans des piscines découvertes entourés de statues gelées ; on a mangé du canard en sauce dans des restaurants vieux comme l'Empire à deux têtes ; on a marché pendant des heures sur des boulevards interminables pour jouir du simple plaisir de marcher côte à côte. Au retour, j'avais tout oublié.

4.

Il faut parfois que le destin frappe plusieurs fois à la porte pour qu'on l'entende enfin. Quelques semaines plus tard, ce devait être en mars − je me souviens qu'un soleil coquet chantait un air de printemps. En sortant d'un de ces restaurants lourds et chers qui fleurissent dans ce quartier désagréable, je descendais les Champs-Élysées. Elle les remontait. J'étais perdu dans mes pensées ou dans ma digestion, je ne l'avais pas vue. Elle se mit devant moi. Je faillis lui rentrer dedans. Ça par exemple ! Depuis combien de temps ne s'était-on pas rencontrés, trois ans, cinq ? Elle n'avait pas changé. Si, cette fois, ses cheveux, coupés court, en carré, tiraient sur le roux mais cela n'avait rien d'étonnant : je ne crois pas qu'il existe une femme sur terre qui aime autant changer de coiffure qu'elle. Et puis cette teinte nouvelle lui allait bien, elle mettait en valeur la blancheur lumineuse de son teint, et ses yeux bleu profond, presque violets. Pour le reste, non, le temps n'avait pas eu de prise sur elle. C'est, dit-on, un privilège des visages ronds. Elle avait toujours ses yeux rieurs, cette peau de velours, cette silhouette bien en chair, habillée un peu différemment bien sûr : joli cashmere à col roulé, veste et pantalon, elle avait, à vingt ans, l'élégance moins *convenable*, mais l'impression qu'elle dégageait était identique. Le mot est toujours curieux à écrire. Elle était, aujourd'hui comme hier, *appétissante*.

Elle tendit son visage pour m'embrasser avec un drôle de sourire contrarié : « Oh non ! pas toi ! Je suis presque déçue de te voir, je voulais te faire la surprise, c'est dans quinze jours, non ? »

Christine. Christine de mes vingt ans. Encore une vraie fausse fiancée, ou plutôt une fiancée à l'ancienne : on ne couchait pas − encore que − et on se sentait lié pour la vie entière. Cet arrangement rassurait mon incertitude. Il l'amusait, la contentait aussi, sans doute. Nous étions si proches tous les deux. C'était au temps de Rouen d'abord, de Paris ensuite, toute cette bande de copains, la fac de lettres, les fêtes, les spaghettis au petit matin, et elle et moi, en couple, au milieu de tous les autres, sauf les nuits où je ne rentrais pas, elle ne m'en voulait pas, elle n'était jalouse que des filles. Je n'ai jamais repensé vraiment à cette période, à y songer aujourd'hui, je me rends compte que, grâce à elle, j'ai vécu le seul moment de ma vie où j'ai réussi à être à peu près dans le coup. Avant, après, je me suis toujours fichu éperdument de savoir ce qui était à la mode ou ce qui ne l'était pas. Avec elle, c'était la loi et les prophètes, il fallait être *in*, il n'y avait pas de jeu plus amusant pour justifier une existence et elle avait assez d'énergie pour l'imposer avec méthode à chacun, fût-il aussi rétif et paresseux que moi. Christine était cette fille qui n'imaginait pas d'aller en boîte le samedi sans connaître sur le bout des pieds cette nouvelle danse dont un de ces magazines anglais qu'elle dégottait je ne sais où (à Rouen, comment diable faisait-elle ?) donnait les pas : dès le lundi précédent à la première heure, il fallait répéter, en tee-shirt et en caleçon, dans les dix mètres carrés de sa chambre de bonne, au son d'un minicassette poussé à fond. Dès le mardi, après la fac, il fallait courir les fripiers pour se trouver « un petit quelque chose un peu sympa », sinon « on aura l'air de quoi ? ». Et si le jeudi un autre magazine encore plus « branché » — le mot faisait ses débuts — adoubait un autre groupe encore plus *in* qui lançait un *ska* encore plus *fun*, on reprenait tout de zéro. Pour avoir ses cinq minutes de gloire sous les boules stroboscopiques du *Sixty Nine*, elle était prête à beaucoup. Londres était sa Jérusalem. Carnaby Street, quinze ans après son apogée, tentait sa énième résurrection. Un peu partout, les extravagants à crête fluo y faisaient les beaux jours de la fin du punk. Un été, elle nous obligea à passer deux semaines à cinquante mètres des rails de la gare de Paddington, dans le sous-sol crasseux d'un bed and breakfast qui sentait le graillon, parce qu'il était « hors de question de jeter du fric par les fenêtres dans les hôtels » quand il y avait tant de dépenses plus intéressantes à faire. On revint un butin considérable : la mine décavée de deux oiseaux de nuit qui viennent de se taper quinze jours de boîtes, une petite robe années cinquante lamé argent pour elle, un costume noir étriqué façon années soixante pour moi, des disques dont j'étais déjà sûr que je ne les écouterais pas, et les numéros de téléphone de la moitié des vendeuses de fringues de Covent Garden avec qui on était devenus copains, à force de hanter leurs échoppes – ils n'ont pas servi non plus.

Comment s'est-on perdus de vue ? Je ne sais. Quelqu'un devrait écrire un jour un traité de l'amitié pour en expliquer les mystères, c'est complexe, l'amitié. Une passion, cela se délimite facilement : ça commence dans un lit, ou plutôt avec l'idée d'y aller rapidement, ça finit avec des mots, des scènes, des cris, de la haine souvent, tout est ritualisé comme une grand-messe, comme une passation de pouvoir au sommet de l'État. L'amitié est un sentiment fort, mais sa forme est vague. Elle se tisse lentement, elle se finit sans qu'on s'en aperçoive vraiment, tout doucement sans faire de bruit, comme dit la chanson. On a connu tant d'amis, et on ne se rend pas même compte qu'on ne les voit plus. Un jour, on tourne par hasard les pages d'un vieux carnet d'adresses que les portables ont rendu inutile, et on s'aperçoit enfin que c'est un cimetière de la mémoire : il ne reste pas trois personnes dont on sache ce qu'elles sont devenues.

« Dans quinze jours ? Qu'est-ce qu'il y a dans quinze jours ?

— Ta conférence, ton truc au festival de je ne sais quoi à côté de Redon, je me suis démerdée pour y aller pour mon boulot, je voulais te faire la surprise... »

C'est moi qui suis surpris.

« Ah non ! Tu ne vas pas encore t'arranger pour décommander ! » Drôle comme on retrouve vite les rôles d'hier. J'étais, il y a vingt ans, le plus grand *décommandeur* de la France de l'Ouest. Ça la rendait folle. Elle était toujours partante pour sortir des nuits entières, elle acceptait avec enthousiasme toutes les invitations à aller s'amuser quelque part. Je disais toujours *oui* une semaine auparavant, et *non*, un quart d'heure avant de partir, multipliant les excuses bidons, du mal de crâne subit aux dissertations à rendre absolument le lendemain.

Seulement cette fois je n'avais rien promis, je n'avais dit oui à personne, je ne voyais même pas de quoi on parlait.

Elle continue, elle parle vite, elle est enthousiaste, en plus elle est pressée, elle a rendez-vous dans un quart d'heure chez son dentiste, elle allait prendre le métro. Tout ça s'annonçait si bien, un hasard incroyable, elle est en pleine forme, elle change de boulot dans trois mois, « n'en parle pas c'est top secret ». À qui en parlerais-je ? Depuis tout à l'heure, je cherche le nom de l'entreprise pour qui elle travaille, et il ne me revient pas, ça doit être un de ces noms ridicules d'agence de pub, « mémé dans les orties », « pas dans le lavabo ». Ou alors une suite d'initiales censées désigner les fondateurs qui pensent, en toute humilité, qu'une seule lettre de leur nom important suffira à l'inscrire dans l'Histoire.

Christine avait le sens de la mode, elle était douée de ses mains aussi : j'adorais l'art qu'elle avait, avec deux fripes, un foulard et un bijou à deux-francs-six-sous, de se fabriquer une panoplie de princesse. Les lettres ne la passionnaient pas plus que ça. Je l'aurais vue créatrice. Elle aussi, sans doute. Elle se contenta de travailler un temps pour un grand couturier talentueux et pingre, puis, lasse de se faire exploiter, elle suivit comme tant d'autres la pente douce du *raisonnable*. Un mari et trois mouflets plus tard, elle s'était retrouvée dans ces sphères du marketing qui flirtent avec la culture, même si ces deux mondes ne me paraissent pas avoir tant de choses en commun.

« Ah je te jure, LDDPH (c'étaient donc les initiales) je n'en pouvais plus. Depuis quinze ans, je n'ai pas décroché, alors maintenant que je sais que je m'en vais, je vais te dire, je lève le pied. » Et voilà qu'on cherchait dans son service quelqu'un qui puisse faire une mission dans un petit festival qui débute et rêve d'un sponsor pour l'année prochaine. Le truc n'a aucun intérêt, il était donc fait pour elle en ce moment, elle y a vu la possibilité d'une fin de semaine peinarde pas trop loin de la mer, et pas trop près de son mari et de ses trois enfants – « Attention, je les adore, mais c'est comme avec le boulot, qu'est ce que tu veux ! de temps en temps, on a envie de souffler ! » Elle souffle un grand coup en le disant – Et voilà qu'en feuilletant le programme, elle y lit mon nom. Ah si, mon nom ! elle en est sûre, elle n'a pas encore la maladie d'alzheimer... D'autant que l'intitulé de la conférence l'a fait rire : un truc sur les homos et les enfants ! Elle s'est même demandé si j'avais envie d'adopter. J'en reste interloqué. « Renseigne-toi, fais un effort, c'est probablement moi qui explique mal. Ce sera super ! – Elle réitère son enthousiasme en me prenant le poignet tendrement. – Je viendrai faire ta groupie ! » Puis elle file, elle est déjà en retard, le dentiste n'aime pas attendre, et elle me laisse là, pauvre arbre stérile planté au milieu des Champs, perdu dans des images de berceaux, de couches et de layette qui ne m'avaient jamais jusqu'alors traversé l'esprit.

La clé du mystère s'était égarée sous l'amas de paperasses où se perdent souvent les décisions, dans tous les bureaux du monde. Je la retrouvai coincée en dessous de la pyramide imposante de lettres non ouvertes et de paquets de livres non défaits qui ornaient mon bureau. L'enveloppe portait une flamme « La Ferté-sous-Redon, 1er festival "toutes les cultures"» ornée d'une semeuse façon Larousse jetant au vent « musique, cinéma, littérature, société, et autres! » Le « et autres! » était prometteur. Le festival me remerciait d'avoir accepté le principe de la conférence « Visage de l'homoparentalité dans les médias », comme il en avait été convenu avec Mme Anne-Marie Decooster. C'est le nom de l'assistante de mon service au journal.

« Redon? Quoi Redon? – Anne-Marie n'était pas dans son bon jour. – C'est toi qui dérailles, mon pauvre Basile! Je sais ce que je dis tout de même! Je n'ai jamais parlé avec quiconque de Redon. »

Elle agitait la lettre. Elle y jeta quand même un coup d'œil. Ah! c'était ça! Alors évidemment! « Tu m'aurais parlé de cette histoire d'homosexualité... Bien sûr, je m'en souviens, c'est Ziegmens qui m'a dit de donner ton nom... Et je t'en ai forcément parlé après! Si! forcément! Tiens regarde la date! Ah! mais oui! tu étais en vacances! Évidemment je n'ai pas pu t'en parler si tu étais en vacances, c'est ce que je dis. Qu'est-ce que tu veux que je vous dise, vous les journalistes vous êtes toujours en vacances... »

Ziegmens, inamovible rédacteur en chef adjoint, honteuse de première. Il était dans son grand bureau, caché derrière son écran, à jouer à je ne sais quel jeu de cartes idiot, ou pire encore, à se commander un calendrier de rugbymen à poil en prenant les mines de l'homme absorbé par un texte d'importance. J'étais furieux, je voulais des explications. Lui non plus ne sut pas de quoi on parlait. Décidément, les affaires me concernant marquaient les esprits. Tout lui revint à lui aussi devant la lettre.

« Le truc de Redon ! Ils voulaient quelqu'un du journal pour une conférence sur cette homoparen je ne sais pas quoi, enfin tu vois ce que je veux dire ? Excuse-moi de te dire ça franchement, mais à part toi, sur ce genre de sujet, tu veux qu'on envoie qui d'autre ? » Une horreur me monta aux lèvres. « Et pourquoi pas toi, grosse honteuse de merde », ou quelque chose d'aussi élégant. Je me retins. À la place, moi aussi je bredouillai une platitude : « Aurais pu... me demander mon avis... et puis je sais pas si je suis libre... »

Il avait déjà replongé sa tête dans son écran : « À part ça, j'en ai rien à foutre, de ce truc. Si tu n'es pas libre, tu n'y vas pas et c'est tout... » Il ne ferme jamais la porte de son bureau, sinon je crois que je l'aurais claquée en sortant.

Il y a pire châtiment que de se fa
trois jours à ne rien foutre loin du j
parler une heure devant une ma
Mais ce sujet! Pourquoi encore ...jet!
Comment expliquer que je le trouve très
important, que je comprends très bien qu'il
mobilise les consciences de ceux qui sont
pour, déchaîne les passions de ceux qui sont
contre, et que personnellement je n'en ai rien
à faire. Rien. Il faut croire que toute mon
énergie a été mobilisée à essayer de m'assumer homo tout court. Homoparent, cela fait
encore pour moi un mot trop long, au-dessus
de mes forces, au-delà de mes désirs. Alors en
parler en public? Et pour dire quoi? Non seulement je n'avais pas de point de vue sur la
question, mais j'ignorais tout de ceux des
gens qui en avaient un.

Je grommelais, je marmonnais. Ne pas y
aller! Jamais je ne mettrais un pied dans ce
piège à la noix! L'ennui c'était Christine.
Qu'à cela ne tienne, je trouverais une
compensation quelconque, je l'inviterais quelque part, on ne s'était pas vus depuis cinq ans,
elle se passerait bien de moi un week-end de
plus.

La lettre indiquait le nom d'un bureau de
presse chargé de l'organisation : « Merveille
d'Archambleu Consulting ». On n'oublie pas

un nom pareil, on sait même au premier regard que le patronyme est authentique, personne n'oserait en inventer un qui fût aussi grotesque.

J'étais très remonté. Après une Juliette qui devait être standardiste, puis une Ségolène qui devait être stagiaire, je tombai sur une voix terrifiante, une voix toute en dents :

« Basile Polson ! j'adooooore ce que vous faites ! Vous m'appelez pour La Ferté ! Je suis ravie ! ra-vie ! ra-vie ! »

5.

Le jour dit, j'étais dans le train, évidemment : moitié rongé de trac à l'idée de cette fichue conférence, passant les deux heures de voyage à relire trois notes minables jetées sur un bristol, moitié dévoré d'exaspération contre moi-même et cette incapacité maladive de dire non. J'avais tout fait pour fuir et je l'avais fait si mal. Il fallait se défiler sans commentaire. J'avais cherché à justifier mon refus en démontrant au téléphone à Mme Ravie que j'étais le plus mauvais conférencier de la terre, que je ne connaissais rien à ce sujet, etc. Elle fut parfaite, riant d'un rire terrifiant, m'appelant « ce pauvre chaton » alors que je ne l'avais jamais vue, n'écoutant pas un mot de ce que je disais. Puis elle fut prise sans doute par un autre appel autrement important et conclut d'un ton sec : « Pour le déjeuner de jeudi je vous ai mis à la table du président du conseil général, il adore vos émissions de télé (*rire de gorge*) et vous parlerez l'après-midi et peut-être encore le samedi, je vous dirai (*rire de tête*)... »

Elle trônait à l'arrivée, en gare de Rennes, général en chef en tailleur rouge sang, dominant de sa haute stature un impressionnant bataillon d'hôtesses d'accueil en uniforme bleu marine. C'est le drame des festivals qui débutent, soit ils se vautrent dans le franchement minable, soit ils se haussent vers le démesuré. À voir le nombre de célébrités de la petite république des lettres et des médias qui tombaient du train, à lire l'énorme calicot planté au dessus du bourdonnant *welcome committee* : « Festival de la culture à La Ferté-sous-Redon, jeudi/dimanche * * * avril. La culture fêtée, la culture fierté, la culture Ferté », on devinait l'option choisie et la capacité de persuasion de Mme Ravie.

Je l'aurais reconnue entre mille, grande chose précédée d'un rire paralysant et de deux seins en obus, distribuant tout à la fois des embrassades bruyantes aux *people* qui défilaient devant elle et des ordres brefs à ses arpètes. Je lui tendis une main timide. J'allais lui dire mon nom, elle me coupa : « Comme il est chou ! il se présente, mais je sais bien qui vous êtes, allons Gérard, je regarde "Livres en fête" quand même. » Elle avait réussi en deux phrases à se tromper à la fois sur mon prénom et le nom de l'émission, elle était forte. Je rectifiai dans le vide, elle avait déjà fondu sur une proie plus intéressante. Je ne demandai pas mon reste, j'étais trop content de fuir ce monstre. Un cri strident me retint : « Mon petit, faites-moi penser... un détail, ça me revient... je vous dirai tout à l'heure... »

Ensuite il y eut un voyage en bus qui me parut interminable, puis on s'arrêta sur un vaste parking placé devant un édifice gigantesque et affreux, une de ces verrues toute en verre fumé et en béton pisseux, qui ont fait la fierté des conseils généraux dispendieux et la fortune des architectes sans scrupules dans les années quatre-vingt et quatre-vingt-dix du dernier siècle. Christine était à la porte, à me guetter. Elle était excitée, rieuse, en pleine forme. Elle était arrivée la veille, tout se passait mieux encore qu'elle ne l'avait espéré : ses rendez-vous n'avaient aucun intérêt. Elle le répétait en poussant des cris de joie d'enfant en vacances : « C'est génial ! génial ! ça n'a aucun intérêt ! je suis tout à toi ! » Elle tenta de m'expliquer les détails de ce miracle : « Tu sais ce qu'ils proposent comme partenariat... ? », j'entendais sans écouter, c'était sans importance, elle se fichait de tout ça autant que moi. J'étais libre également, jusqu'au déjeuner au moins, on alla fêter ça à la buvette.

Le grand hall regorgeait de stands, il y avait peu de monde mais on n'y voyait que des têtes connues : on sentait que grâce à la poigne efficace de Mme Ravie, l'endroit s'était à peu près rempli sans même l'aide de ce raseur dépourvu d'intérêt qu'on appelle le public. Qui serait venu un jeudi de semaine à un « festival de toutes les cultures » planté au milieu des champs de maïs ? De toute évidence, nul n'avait pensé à ce détail, c'était aussi bien. L'heure était encore au sérieux, la buvette était vide. On s'assit autour d'une petite table en plastique pour se brûler le palais à un mauvais café sans goût et trop chaud. « Alors qu'est-ce que tu deviens ? » J'aime bien Christine lorsqu'elle est en forme, on peut ne pas s'être vus pendant dix ans, avec elle, il ne faut pas cinq minutes pour croire qu'on s'est quittés la veille. J'étais bercé par le ronron de son bavardage, enfin je me sentais bien. Elle s'arrêta soudain en levant la tête. Devant la table se tenait un homme. Il était vêtu d'un anorak vert et d'un col roulé à deux couleurs, comme en portent parfois les moniteurs de ski qui ne cherchent pas à plaire. Il avait les cheveux frisés, coupés très court sur les tempes, formant un petit tapis au sommet du crâne. Son visage était osseux, au centre y brillaient deux yeux bleus ou verts très enfoncés dans leur orbite. Je crois avoir pensé à un regard de fou, tempéré il est vrai par un sourire gentil et déterminé. Il riait très fort. Il saisit une chaise en s'esclaffant : « Ha ! ha ! ha ! Sacré Basile ! j'étais sûr que tu viendrais, j'en aurais mis ma main à couper ! » Je n'avais pas la moindre idée de qui pouvait être cet hurluberlu. Je me souviens encore d'avoir pensé à un organisateur de la conférence de l'après-midi. Je souriais de ce sourire niais qui se fige sur mon visage quand les faits me dépassent. L'homme se tourna vers Christine : « On se connaît pas. Je me présente, parce que s'il faut attendre que monsieur se réveille... je suis Patrick Legoff... » Il fallut un temps pour que mes neurones se reconnectent. Il poursuivait, toujours à son attention : « Je suis son vieux copain de Juniac, il vous a parlé de Juniac ? »

Je le fixais en me forçant toujours à sourire. Je le fixais en cherchant derrière ses traits émaciés un signe qui me rappelât son adolescence, c'était en vain. Son nom, il y a trois mois, ne m'avait rien dit. Son visage à présent ne me parlait pas plus. L'impression était désagréable.

« Comme c'est drôle ! C'est le Juniac que je connais ? » me demanda Christine.

Deuxième choc : « Comment ça ? Tu connais Juniac, toi ?

— Ça fait plaisir ! répondit-elle, presque pincée, on peut dire que ça t'a marqué ! »

Bien sûr ! Étais-je idiot ! Trop de choses se précipitaient. Comment avais-je pu oublier ? Longtemps Juniac et Christine avaient appartenu à deux mondes différents, les vacances de mon adolescence d'un côté, la fac à Rouen de l'autre. Comment avais-je pu omettre qu'ils s'étaient réunis, ce fameux été, quoi ? 83 ? 84 ? Ce fameux été.

« J'en étais sûr, quand j'ai vu ton nom dans le journal, je me suis dit, le petit cachottier, il vient faire son festival, et après, hop ! Juniac. Alors vous venez quand ? vendredi soir ? Je viens vous chercher si vous voulez ? Ou j'envoie quelqu'un. Jipé vient de Rennes, il passera vous prendre. Ou alors vous avez une bagnole ? Comment on s'organise ? »

Je me sentais comme une mouche se débattant dans une cuillerée de miel. Tout se bousculait dans ma tête. Pourquoi étais-je si nul en géographie ? Je n'avais même pas réalisé que cette saloperie de festival était en Bretagne. Et pourquoi ce dingue me retombait dessus, aujourd'hui ?

« Je... écoute Patrick c'est adorable, mais je ne sais pas si ça va être possible... Je voulais t'appeler pour te prévenir, j'ai une conférence samedi, et peut-être une autre dimanche, ... suis désolé... aurais adoré... et Christine aussi... laisse-nous ton portable ! ce sera plus simple... »

On trouva une excuse pour s'éclipser. J'expliquai brièvement l'histoire à Christine.

« Note, il est peut-être dingue, mais il n'a pas l'air méchant » fut sa seule remarque. C'était vrai. Elle pensait à autre chose : « Et puis tu me dis qu'il prétend te connaître quand tu ne te souviens absolument pas de lui. Qu'est-ce que ça prouve ? C'est peut-être toi qui as mauvaise mémoire. Dire que tu as oublié les vacances à Juniac avec moi ! Je pensais que ça t'aurait marqué un peu plus... » Un point pour elle.

Ensuite, il y eut le deuxième choc du jour. Le déjeuner se prenait à l'étage, dans une grande salle de cantine habillée en dimanche, avec nappes de tissu et verres à pied. Le brouhaha était infernal. Christine était assise avec des gens que je ne connaissais pas, des publicitaires, des commerciaux, sans doute, elle éclusait ce qui lui restait de conscience professionnelle. J'étais, comme convenu, à côté du député-maire-président, etc. Une bonne place, cela dit. Le type se pointa avec une demi-heure de retard, prit une nouvelle demi-heure pour faire le tour des tables, arriva jusqu'à moi, s'assit et se releva aussitôt pour prononcer d'une voix de stentor un discours de bienvenue interminable. Je pouvais déjeuner sans même être obligé de faire la conversation à quiconque. Le député attaquait enfin son entrée, moi, le fromage, quand Mme Ravie, surgie de nulle part, me fonça dessus. Elle saisit une chaise qu'elle plaça derrière moi, je l'écoutais, tourné de trois quarts, en essayant de ne pas souffler une haleine de camembert dans le cou du président-maire-député : « Mon petit Basile, j'ai une supernouvelle pour vous... Vous m'aviez dit que vous n'aimiez pas les conférences, 's'pas ? Vous avez raison, c'est nul... ! Aussi j'ai transformé votre truc en débat, vous serez avec Lecable, Robert Lecable, vous voyez qui c'est ? Ce sera très amusant ». Était-elle franchement perverse ou juste idiote ? Je me pose encore la question. Je manquai m'étouffer dans mon camembert : « Robert Lecable ? et... un débat... quel débat ?

— Eh bien ce qui est prévu, sur l'homoparentalité dans les médias, ce sera très amusant, vous verrez ! ce sera punch ! »

La foudre venait de me tomber sur la tête. Le nom de Robert Lecable ne dit plus grand-chose aujourd'hui à grand monde, c'est heureux. Il était pile, alors, dans son quart d'heure de gloire médiatique, peut-être vous en souvenez-vous, c'est ce type chauve, haineux, dont le discours de cauchemar sur les « bonnes femmes et les tantouzes » plaisait tant aux animateurs télé qu'on ne pouvait se brancher sur un talk-show, pendant une saison ou deux, sans tomber sur ses éructations venimeuses. Je ne m'étends pas. Le seul souvenir de ce nom me donne envie de vomir. Débattre avec ce type d'homosexualité ? Cette idée monstrueuse ! Est-ce qu'on demanderait à un rescapé des camps de débattre avec Goering ?

Je sais, je trouve aussi, en la relisant, cette comparaison parfaitement déplacée. Sur le moment, devant mon assiette, c'est la seule qui me résonna dans la tête. Un mélange de panique et de colère montait en moi. Je me sentais traqué, je maudissais ma propre faiblesse. Pourquoi avais-je accepté ce traquenard ? J'aurais dû dire non depuis le début. Un débat avec ce dingue à propos d'homoparentalité ? Un flot de mal-être, de faiblesse d'enfant, de frayeur de cour de récréation remontait en moi. Parler d'économie, de politique, de littérature, de n'importe quoi de neutre avec le diable même, pourquoi pas ? Mais débattre d'homoparentalité avec un type qui dit « les pédales » ? Tous les coups bas étaient à craindre, y compris les pires. Je n'osais même pas y penser. Cette salope d'attachée de presse était folle ! Ce festival était un festival de dingues ! Je crois que le député m'avait adressé la parole. Je n'entendais plus rien. J'ai repoussé mon assiette, je me suis levé et je lui ai dit quelque chose de parfaitement hors de propos, quelque chose comme « Allez, à bientôt ! ». Je me suis dirigé vers la table de Christine, j'ai souri à tout le monde, je devais avoir l'air du fou, je me suis penché vers elle en chuchotant d'un ton sans appel : « Prends ton sac, on s'en va, je te raconterai. » Elle n'a pas posé de question, s'est levée en faisant un délicat petit signe d'adieu aux convives. Avec beaucoup de dignité, nous avons quitté la salle, nous sommes passés au vestiaire en bas prendre mon sac et, après avoir traversé le rez-de-chaussée sommeillant à cette heure de midi, nous avons franchi l'affreuse porte en vitre fumée du palais de la Culture, en le maudissant une dernière fois, je crois.

6.

D'où j'étais, à l'arrière de la voiture, je voyais son profil, sec et nerveux. Il parlait beaucoup, répétait sans cesse les mêmes choses, on le sentait énervé, euphorique, ses mains battaient sur le volant : « Ha ! ha ! ce vieux Basile ! j'étais sûr que tu viendrais ! super ! super ! mais du coup vous êtes un peu en avance, je vous préviens, on sera encore dans les préparatifs, la fête c'est samedi ! notez moi je m'en fous j'ai pris ma semaine... ha ! ce vieux Basile, ma vedette de la presse ! Je m'en doutais que tu ferais du journalisme, t'as toujours été doué pour embrouiller le chaland hein ! ha ha ! on l'invite le samedi il arrive le jeudi... mais non ! je dis ça pour blaguer... oh ! tu penses ! je suis ravi ! on s'est pas vus depuis... depuis... enfin on s'est pas vus... alors tu penses, ça me fait plaisir... »

Au téléphone, tout à l'heure, il n'avait pas fait le moindre commentaire. Si ça ne le dérangeait pas de passer nous prendre ? Et comment ça ne le dérangeait pas, c'était *hyperchouette* ! Je suis sûr de l'expression, je ne l'avais pas entendue depuis mes quinze ans. Il était déjà sur sa route du retour, il avait fait demi-tour, vingt minutes plus tard, il était à l'endroit convenu, de l'autre côté du village, devant le monument aux morts, près d'un bureau de poste visiblement fermé depuis longtemps, victime de guerres plus contemporaines.

Le matin même, j'étais prétendument affairé à la conférence du siècle, j'avais des obligations jusqu'au samedi. À deux heures de l'après-midi, je lui demandais de nous emmener où il voulait. Il n'avait posé aucune question. Il paraissait, il est vrai, plus porté sur le soliloque que sur l'interrogation. Il continuait au volant à marmonner sa chanson : « Sacré *Basou* !... » Elle m'est restée dans l'oreille. Au journal, parfois, on m'appelle Babase. Au lycée, on m'appelait Popol, à cause de mon nom de famille. *Basou* était une première. « ... et vous savez où on va ! à la recherche des tentes perdues... ! » Mon calembour pathétique lui avait plu, il le répétait en secouant de plaisir le volant, comme un enfant joyeux. Parfois m'apparaissaient ses yeux dans le rétroviseur. Des yeux, comment dire ?

des yeux bizarres, mais je n'arrivais pas à y prêter attention. Mon esprit était ailleurs, le reflet de son regard passait dans le mien, je ne le voyais pas.

Christine n'avait pas posé de questions non plus. Semblant planer toujours sur le nuage de son imperturbable bonne humeur, elle avait dit simplement : « On va à la mer ? *how romantic !* » Maintenant elle essayait d'indiquer à Patrick le chemin de l'hôtel où il fallait prendre son sac, mais elle avait oublié le nom du patelin. « Attends, à l'entrée, il y a un centre commercial avec un Sport Avenue et un Mondial Moquette. » Existe-t-il des patelins sans un Sport Avenue et un Mondial Moquette qui défigurent le paysage, Christine ?

Il n'était sûrement pas très raisonnable de s'embarquer ainsi dans un tel périple. Et le moyen de fuir autrement ce piège dans cet endroit paumé, sans voitures, sans loueur de voitures, à des heures de bus de la gare d'où on était venus ce matin ?

Pas plus que ses yeux, je n'essayais guère, à ce moment-là, de scruter les traits de notre chauffeur pour essayer de retrouver derrière la dureté de son visage anguleux l'adolescent que j'avais dû connaître. Sur ma banquette arrière, je continuai à mariner dans ma colère contre cette saloperie que l'on avait voulu me faire, je continuai à tourner mentalement dans tous les sens ces derniers moments. Nous étions en fuite, j'étais tout simplement un lâche d'avoir fui ainsi ce pantin grotesque de Lecable? Mais quel héroïsme y aurait-il à affronter ce sac de haine? Et dans quel intérêt? Pour faire un peu de spectacle devant trois pékins en pleine digestion pour le seul plaisir de mettre de l'ambiance dans le festival minable de Mme Ravie? Mais aussi où diable partait-on?

J'étais calé dans le fond du siège, il avait mis très fort de la musique, un de ces groupes de hard rock des années soixante-dix, primaires, bestiaux, que je déteste avec constance depuis bientôt trente ans. Je me redressai pour approcher ma tête de la sienne : « Et pour se loger, on va faire comment? Tu vas nous trouver un hôtel? »

La remarque le fit hurler de rire : « À l'hôtel! », il le répéta longtemps : « À l'hôtel, à Juniac! »

Je me laissai retomber, vieux sac épuisé, décidé à se rendre.

Entre les bruyants pics d'hystérie masculine du chanteur, Patrick s'adressa à Christine :

« Alors tu es venue à Juniac avec Basile? Comment ça se fait qu'on ne se connaît pas alors? C'était en quelle année, tu dis?

— Attends... attends... je terminais... maî-
trise... non, DEA... en 83, je crois ?

— 83 ? Évidemment, ma coopé ! deux ans
d'Algérie ! Ah ! je vais te dire ! cet été-là j'ai
bouffé du sable mais c'était pas le même...
83 ! ... 83 ! »

Des souvenirs avec Christine, j'en ai
cent. Combien de fois un disque, un sourire,
le nom d'un auteur que nous avons potassé
ensemble me fait penser à elle ? Pourquoi
ceux de cet été-là s'étaient-ils perdus ? La
mémoire est un marais. Des pans entiers de ce
que l'on a vécu sombrent et dorment, longtemps, dans des replis d'eau tiède. On
s'attriste de ces phénomènes. On ne devrait
pas, le plus souvent, ils nous protègent.
Aujourd'hui, je comprends pourquoi mon
sage inconscient avait jugé bon de laisser ce
passé soleilleux dans l'ombre de l'oubli. Je
l'ignorais alors.

La voiture filait doucement, la musique se
faisait plus lointaine, bribe par bribe, pièce
par pièce, comme un trésor rouillé perdu dans
un naufrage que l'on retrouve dans les grands
fonds, un été d'il y a plus de vingt ans ressor-
tait de l'onde.

Je ne sais plus quel détour d'itinéraire nous
avait amenés là. Était-ce l'année de notre tour
d'Italie ? Pourquoi passer par la Bretagne

alors ? Était-ce avant cette semaine si drôle dans la maison de Guy, à Biarritz, avant qu'on ne « fasse » l'Espagne, comme on disait ? Sans doute. J'avais alors une petite Renault d'un orange pétant que je conduisais aussi mal que je conduis aujourd'hui d'autres petites voitures de couleurs plus discrètes – avec l'âge, on s'assagit. N'importe quelle halte était la bienvenue, au bout de deux cents kilomètres j'avais des courbatures dans le cou et les épaules, tant le volant me crispait. On avait dû se décider au dernier moment à faire cette étape, sans prévenir personne. On fut accueillis par le cri de surprise de tante Solange en petite robe à fleurs, sur son mini-vélo, à l'entrée du camp, puis par le rire de joie qu'elle avait eu, la tête penchée sur la vitre de la voiture, en voyant Christine : « Mon Dieu ! ma poule ! qu'est-ce qu'elle est belle ta petite fiancée ! » C'étaient les années anglaises « back to the sixties », choucroute, teinture noir corbeau et talons bobines. On en voyait peu dans les campings. Je n'étais pas venu depuis deux ou trois ans, 1983, c'était bien après mes années Juniac. À y repenser je crois que j'avais arrangé exprès ce détour, une envie de retrouver les lieux de mon adolescence, comme on va fumer une cigarette dans la cour de son ancien lycée alors qu'on est déjà en fac, moitié par envie de frimer devant les plus jeunes, moitié par nostalgie de grand. Grâce à l'incomparable oncle Roger, on dégotta dans le camping bondé un petit emplacement pour la canadienne, sous les pins, près de l'entrée, comme d'habitude, dans le coin de jeunes. Qui y avait-il cette année-là? Jipé, chevelu encore, le beau Jipé, languide et doux, qui faisait rêver les filles? Dire qu'il est militaire! Laurence sans doute, dans sa grande maison de l'autre côté de la route, Laurence, éternelle vestale de Juniac, la seule à être là à toutes les vacances, l'hiver, et l'été, deux mois entiers, quand nous n'y passions qu'un seul, quelle année n'y fut-elle pas?

Je revois le sac de toile jeté sur le sol, le maillet en caoutchouc, et Christine, en escarpins, obligée, à cause de l'étroitesse de sa jupe, de se déhancher de façon extravagante pour pouvoir s'accroupir et suivre mes instructions avant de planter : bien aplanir le sol, éliminer, les cailloux, tendre le tapis, préparer ses piquets, non Christine, pas ceux-là, ceux-là sont les sardines, pour sol sableux, ce sera pour les Landes, si on y arrive.

On avait trouvé finalement le Sport Avenue, le Mondial Moquette, l'hôtel et la valise. Les villages succédèrent aux zones pavillonnaires, le « best of Donna Summer » au hard rock. Sur les sièges avant, la conversation prenait, j'en entendais des phrases quand je faisais l'effort de m'approcher un peu. Christine parlait d'elle, de son boulot, de sa famille. Cela me semble drôle de la retrouver dans ce rôle-là. « Trois enfants... l'aîné a... eh oui déjà quinze ans... » « Déjà quinze ans », cette phrase fait écho dans ma tête et m'étourdit. À quoi peut ressembler ce garçon ? J'ai dû le voir, pourtant, et lui aussi je l'ai oublié, décidément, j'ai du mal avec tout ce qui nous fait vieillir.

Poliment, elle tentait d'amener Patrick à parler de lui. Il ne devait guère aimer ça, il éludait beaucoup, avec une modestie qui ne semblait pas feinte, et qui le rendait sympathique, il faut le dire.

« Ouais ! oh ! comme plein d'autres gars de notre âge, j'ai monté ma petite boîte,... du matériel électrique... une PME comme on dit... en fait c'est un peu de l'artisanat qui a grossi, quoi. Oh ! c'est moins passionnant que certains ! ! ! Je ne suis pas un intellectuel de Paris, moi », et ses yeux rieurs cherchaient les miens, dans le rétro.

— Et toi aussi, tu as des enfants ? » poursuivit Christine.

Son ton s'assombrit : « Mouais, deux... mais... enfin c'est compliqué en ce moment... »

Avec délicatesse, sans le laisser aller au bout d'une phrase qu'il ne parvenait pas à finir, elle changea de conversation. Alors cette fameuse fête! ce serait samedi, on s'excusait d'arriver si tôt. Pas du tout! Il reprenait son même refrain, toujours enthousiaste. De toute façon des gens arriveraient sûrement vendredi soir, et puis on pourra aller se balader, la plage est en face. Il tourna son visage vers moi :

« Et Jipé, finalement, il vient! il est en perm! tu te rends compte! des permissions à quarante balais! »

Je souris poliment.

« Et une telle, aussi! tu te souviens d'une telle ?

Pour le coup le nom ne me disait rien.

« Allons! une brune? avec des yeux verts? non? elle s'est mariée avec un gars de Saint-Brieuc, elle est prof d'espagnol maintenant? non » ?

Il cherchait à nouveau mon regard dans le rétroviseur. Je lui répondais par des haussements de sourcils qui se voulaient inter-rogatifs, non, je ne voyais pas. Il passa au nom suivant :

« En tout cas Tony, lui il sera là sûrement demain après-midi...

— Tony! C'est vrai! souffla Christine. Ah! lui, je le connais! Il sera là? »

Sa voix était enthousiaste, naturelle. Quelle bonne nouvelle vraiment ! Elle connaissait quelqu'un !

Je sentis en moi la décharge que j'ai toujours éprouvée en entendant prononcer ce nom, le ventre qui se serre, le cœur qui se bloque un instant, un frisson qui part du bas des reins. Si longtemps après, le même tressaillement. Ces choses-là ne s'arrêtent-elles donc jamais ?

Je ne sais si l'œil de Patrick quêta à nouveau le mien, dans le rétro. Je tournai la tête vers le paysage qui filait, en me concentrant pour immobiliser tous les muscles de mon visage.

L'après-midi déclinait dans une douceur de mi-saison. La route me semblait interminable. On avait passé Nantes, quitté les voies rapides pour entrer dans une succession de zones résidentielles. Patrick gara sa grosse voiture devant une maison contemporaine, un long pavillon en L, laid et imposant. « Voilà mon chez-moi, dit-il.

— On s'arrête ici ? interrogé-je.

— Tu rigoles ! On a dit Juniac, on va à Juniac. C'est juste un changement de monture. »

Il nous fit descendre, descendit lui-même, nous demanda d'attendre quelques instants, s'éloigna, revint sur ses pas, il avait oublié un détail. « Vous avez des portables ? » Christine se pencha pour ouvrir son sac à main. Je sortis mon téléphone de la poche, il était éteint, j'avais trop peur d'être inondé de coups de fil rageurs de Mme Ravie, je fis un geste pour l'allumer, il le saisit sans attendre : « Laisse ! C'est pas pour consommer, c'est juste pour mettre à l'abri. Je te rappelle qu'on part dans les années soixante-dix. » J'en restai stupéfait, je bredouillai quelque chose. Il coupa d'un ton sec : « C'est bon, Basouk, calmos ! Je te le rendrai dimanche, tu attends quelque chose de si urgent ? » À dire vrai, la réponse était non. Christine était plongée dans son sac : « Je le crois pas ! je ne trouve pas le mien, il doit être dans un des sacs, ou alors je l'ai encore oublié à Paris. Je n'arrive pas à m'y faire, à ces petites saloperies, j'en paume deux par an ! »

Cinq minutes plus tard, du garage, sortait une 4L blanche. On y transféra les bagages, puis on s'y engouffra. Elle sentait le skaï humide. Souvenirs, souvenirs. « Dans une heure on y est, dit Patrick. Roulez jeunesse ! » C'était le mot.

7.

Est-ce le signe indiscutable que l'on accepte son âge ? Parfois, un déclic se fait dans la vie. Par un jour de juillet, on attend trop longuement un train en retard dans une gare qui sent les départs, l'œil tombe sur deux garçons, sacs aux pieds, dans le hall, ils attendent sans doute, eux aussi. Ils ont une vingtaine d'années, l'un porte les cheveux mi-longs l'autre coupés court. Des tee-shirts trop larges et des pantalons trop amples couvrent des corps un peu trop maigres, ils sont de leur âge et de leur temps. Il y a deux ans, cinq ans, on ne les aurait pas regardés, il n'y a rien de désirable chez ces deux-là, pour un œil qui a vingt ans de plus qu'eux. Ils sont trop jeunes, trop frêles, trop grands. Aujourd'hui, on les observe d'un regard un peu mouillé, mélanco-lique. Ils sont rieurs, ils ont l'air sympa, un blond au teint clair, un brun à la peau mate, peut-être son père est-il du Maroc, ou turc.

Comment s'appellent-ils? Des prénoms de jeunes d'aujourd'hui, Florian et Idriss? Benjamin et Karim? On voudrait leur demander où ils partent tout à l'heure en vacances. À quoi ressemblent les vacances de deux jeunes d'aujourd'hui. On aimerait qu'ils racontent. Est-ce qu'ils se réveilleront pendant ce mois de juillet dans l'odeur chaude de transpiration, de plastique et de toile séchés qui emplit une petite tente canadienne, au matin, lorsque le soleil commence à la chauffer?

Connaissent-ils le crissement du nylon du sac de couchage, la lumière bleutée que l'on distingue à travers ses paupières mi-closes, et le mouvement que fait le matelas pneumatique quand on se retourne alors, en bâillant. Cela tangue, comment s'étonner que le soir, parfois, après trois bières, on rêve de naufrage et de mal de mer. On pose la main pour prendre appui, on sent au travers du tapis de sol le froid de la terre et les épines de pin qui la recouvrent. On se contorsionne pour enlever son pyjama – on portait des pyjamas. Quand on dort un mois dans le même sac de couchage, il est prudent de ne pas dormir nu –, on passe le tee-shirt jeté en boule au bout du lit, on enfile un slip de bain orange ou bleu électrique, ou un jeans coupé en short, qui s'effrange sur les cuisses, puis on se glisse dehors, tout est calme alentour, chacun dort encore dans le quartier des jeunes où l'on a *planté*, il doit être neuf heures et demie, on s'est toujours levé tôt. On remonte le camping par l'allée centrale, on y croise des gens qui portent une serviette sur l'épaule, une trousse de toilette à la main, d'autres un pot de chambre, cela en gêne certains, qui tournent la tête vers le ciel et accélèrent le pas en priant que se passe vite ce moment navrant. D'autres assument avec drôlerie. Tous les matins, au début de l'allée, je croise le père Lamerluche, un petit gros en marcel, qui est gazier à Issoudun, tous les matins, il agite son pot en riant, me fait un clin d'œil et dit : « Toi tu vas te boire un jus, moi je vais vider un jules, vaut mieux ça que le contraire ! » et il hurle de rire.

Nous ne sommes pas en 83 alors. Ma mémoire a remonté les escaliers du temps. Nous sommes quelques années auparavant, sans doute, c'est l'adolescence. « S'lut m'man. » Papa est à la pêche peut-être, ou déjà parti en courses au village. Ma sœur Sophie n'est pas là, elle est forcément en Angleterre puisqu'elle y va tout le temps. J'ai traversé Les Tournesols pour venir prendre le petit déjeuner sur les fauteuils de plastique vert et orange, sous l'auvent bleu de la caravane des parents, on dit « la cara ». Comme les copains, je prends tous les repas ici, sauf les soirs où l'on va griller des merguez sur la plage avec les autres. Maman que je croise dix fois par jour dans le camp, vingt fois sur la plage, où elle passe ses matinées avec son groupe « gym volontaire », et ses après-midi sous un chapeau de paille, assise sur un petit pliant, à rire avec ma tante Solange, dit à ses amies : « C'est bien simple, heureusement qu'il a un estomac, sinon ici je ne le verrais jamais. » Le cordon ombilical est un tube digestif.

Tout à l'heure, je retournerai chez les jeunes pour réveiller Jipé. Je pourrais réveiller les autres aussi, mais Jipé est celui qui râle le moins, quand on le réveille. Je me glisse dans sa tente, je le secoue, il dit : « Purée, tu fais chier... », une protestation purement formelle, elle n'implique rien d'autre, après il se retourne. J'aime bien me glisser dans sa tente. Je profite de son inertie : « Bon alors si tu dors, je dors avec toi. » Ça le fait geindre à peine, et il se pousse. La chance est avec moi, la fermeture du duvet est de mon côté : je l'ouvre puis je me serre contre lui. Je ne pense pas qu'il ait autant d'idées que moi en tête, à ce moment-là, mais il se laisse faire. Jipé se laisse toujours faire, il a bon fond, c'est son tempérament. Apparaissent par l'ouverture deux têtes, l'une coiffée de longs cheveux ondulés, comme les mannequins sur les photos de David Hamilton, l'autre de tresses ramenées au-dessus du crâne, façon western. Une Christine, une Isabelle, une Anne ou une Véro, toutes les filles de ma génération s'appellent Christine, Isabelle, Anne ou Véro, c'est pourquoi elles préfèrent toutes se faire appeler Dorothée ou Clémentine. L'une hurle : « Raaah ! les pédés ! C'est pas vrai il n'y a plus que ça ! » Je suppose qu'elle aimerait aussi se glisser dans le sac de Jipé – il est beau, bien bâti, sa peau est bronzée et douce comme le velours – et il se laisserait faire tout autant. La copine dit : « Allez, dégrouillez-vous les mecs, on va se baquer. »

Dites-vous encore comme ça, Florian et Karim ?

Après il y aura la pétanque peut-être, le bain sans doute, ceux qui ont des dériveurs à coque blanche qui sont, pour l'heure, couchés sur le sable, les sortiront ; puis chacun ira manger chez ses *vieux*, puis la pétanque encore et la plage toujours, en grappes humaines rassemblées à l'ombre des dériveurs déjà rentrés, à parler de tout et de rien, et après ? après quoi ? on va se faire un baby chez l'Ami, à Juniac ? ou on discute près des tentes ? ou on marche jusqu'au phare ? Ça dépend, que font *les autres* ?

J'en suis sûr, cela n'a pas changé. À dix-huit ans, qui compte, sinon *les autres* ? Je me souviens de beaucoup de choses du groupe que nous formions, durant tous ces étés successifs. Les chansons fredonnées en chœur que je gratte à la guitare, les fous rires, les conneries, les hurlements quand on arrive près du village à Juniac, pour pouvoir dire après : « On s'est bidonnés : t'aurais vu la tête des gens ! », les filles qu'on « jette à la baille » – un classique des bords de mer. Et la plupart des visages se sont effacés. Oui, l'un d'entre eux me revient, le nez d'aigle et les yeux perçants d'Ivon. Celui qui mène, domine, impose ses caprices, fait succéder les favoris aux disgraciés, Ivon, un type un peu plus vieux, qui en impose parce qu'il est déjà en fac, le chef. Il faudra longtemps pour que j'ose m'avouer que je le détestais, ce despote de camping, manipulateur, capricieux, poseur, d'une vanité de montgolfière. C'est peut-être aussi ça, vieillir. À l'époque je ne le détestais pas. Comment aurais-je osé ? J'obéissais à ses caprices, je riais à ses blagues, j'écoutais ses récits en priant pour qu'il me trouve l'air assez intéressé, j'acceptais tout, posant docilement ma guitare quand il sortait la sienne, comment aurais-je osé jouer devant le chef ?

Vous chantez encore, Florian, Karim ? Vous avez raison, rien n'est plus précieux, pour se souvenir d'une époque. On n'oublie jamais les chansons que l'on a apprises à quinze ans. Maxime Le Forestier, Brassens, Leonard Cohen, dites le premier vers de n'importe lequel de leurs textes et tous les gens de mon âge vous les diront jusqu'au bout. Le reste d'une époque s'estompe si vite. Quand, au hasard d'une rétrospective à la télé, on parle de ces années-là, la fin des années soixante-dix, le début des années quatre-vingt, on en voit toujours des événements qui nous concernent si peu. « 1980, Giscard est président, le gouvernement est dirigé par Raymond Barre... » Comme on devait s'en foutre de M. Raymond Barre, quand on marchait, habillé d'un pantalon de velours peau de pêche jusqu'à une Véro, une Anne, un Jipé encore allongé sous un dériveur sur une plage de Bretagne, pour leur lancer : « Viens, on va à Juniac, si tu veux je te paie un choco !

— À Juniac, bof ! et puis de toute façon je suis pas habillé(e)...

— Dégrouille, je t'attends ! »

Ça non plus, ça n'a pas dû changer. La seule, la grande obsession de l'adolescence, les filles, les garçons, les garçons, les filles, et tant d'autres possibilités. Rien de tout ça n'est très joyeux, ni très facile. J'ai l'impression que l'on vivait cela comme une suite d'examens, une succession d'épreuves qu'il fallait surmonter année après année, comme à l'école. Il y a eu le BEPC, il y aura le bac. À peu près en même temps, il doit y avoir le premier baiser avec la langue, on dit « le palot », puis il y aura l'amour en vrai, on dit « le faire ».

« Il l'a fait, Ternoire ? Sans blague, il l'a fait ? »

Ce genre de bruit court parfois, le lundi matin, pendant le cours de maths, entre les rangées, entre les trousses et les compas. Ternoire au fond de la classe a le regard fixé sur le tableau, pour une fois. Il feint l'indifférence, non sans une certaine classe, il sait qu'on parle de lui et pourquoi. Il savoure. J'ai passé le BEPC et le bac sans trop d'efforts. Le reste a été plus difficile.

Pendant l'année scolaire, on se trouve des excuses pour retarder l'échéance. Tout est si compliqué. Si on trouve une fille, après où l'emmène-t-on ? À la maison il y a les parents, au lycée les pions, sur la route, une route. Je nous revois à quatre ou cinq, autour des mobylettes, devant le CES : « Bon d'accord tu sors avec une minette, mais après, tu l'embrasses où ? » Et un autre, sans comprendre : « Ben sur la bouche ! »

Rien n'est commode pendant l'année. Tous les espoirs se concentrent sur l'été. En général, les choses se nouent sur le chemin qui mène à Juniac, le long de la lande, vers la fin d'après-midi, quand on a réussi enfin cet exploit de pouvoir marcher seul à côté de quelqu'un pendant un quart d'heure. Avec les filles, une angoisse profonde, obscure, dont je pressens la nature, mais que je ne veux pas comprendre encore, me paralyse, me souffle que je ne saurais pas, que je ne comprendrais pas le mode d'emploi étrange qui semble si simple à tous les autres. Alors j'embobine, j'entortille dans des phrases, je fais des déclarations éperdues, je fais rire, je convoque tous les rôles les plus mélodramatiques, de l'amoureux transi à l'amoureux déçu, je tente tout, pourvu qu'il ne se passe rien. Avec les garçons, avec Jipé, avec d'autres encore, une autre force me lamine. Elle me dit que, cette fois, je saurais bien comment m'y prendre, mais elle me paralyse tout autant, de désir, de panique : ils ne voudront jamais. Alors j'embobine, j'entortille, je raconte dans le détail mes infortunes avec les filles, je fais rire, ça ne mène à rien non plus. On ne tourne jamais par le petit sentier qui s'égare, à gauche, vers la lande. On finit toujours par faire un baby-foot chez l'Ami, à Juniac. Au baby-foot aussi, je suis très mauvais.

8.

Étrangeté des retrouvailles. La première fois, après vingt ans, que je remis les pieds aux Tournesols, je n'en vis rien. Presque rien : le mouvement d'une grille ouverte par quelqu'un, des toiles de tentes apparaissant dans les phares de la voiture, puis l'auvent d'une caravane, un auvent vert et orange éclairé au centre par un Butagaz que l'on avait posé sur la table en plastique. Sur le côté brûlait un brasero sur pied, un de ces chauffages au gaz dont on se sert sur les terrasses de café. On était en avril, il est vrai. Il faisait nuit quand nous arrivâmes enfin, la vieille 4L rebondissait sur l'allée centrale du camp, aussi pierreuse que jadis.

La route n'était pas si longue, depuis Nantes, mais il avait fallu s'arrêter en chemin, pour faire des courses.

C'était jeudi, jour de nocturne chez Carrefour. « Je reviens tout de suite », dit Patrick, nous laissant dans la voiture, sur le parking. On le vit se diriger pour aller prendre un chariot, puis il s'engouffra dans le magasin. La pause me parut bien longue. Au début, Christine et moi, blottis tous deux dans cette petite 4L, n'osions rien dire. La situation était trop étrange. Je fixais bêtement le flot des gens qui sortaient du magasin, poussant leur Caddie plein. J'estimais sans doute que cela ferait revenir plus vite notre chauffeur. Il avait laissé les clés sur le contact, un petit marsupilami porte-clé se balançait sous le volant.

Christine était à la même place, devant, elle se tourna vers moi et le désigna en écarquillant les yeux, avec drôlerie : « Eh ! Basile ! il y a les clés, on se tire !

— T'es malade !

— Tu ne croyais quand même pas que je parlais sérieusement ! s'écria-t-elle en éclatant de rire. Tu nous vois, sur les routes avec une vieille 4L pourrie et volée ! »

Ma nature anxieuse reprenait le dessus. En général, elle était tempérée par l'humour. Je n'en avais plus aucun.

Elle le sentit, chercha à me rassurer :

« Arrête de flipper ! On va à une fête dans un camping, c'est plutôt amusant, non ? Ça me changera des soirées de lancement de magazine à la noix à l'Opéra-Bastille avec petits fours de chez Ladurée que j'endure deux fois par mois. Je te jure ça peut être très amusant ! Quand je raconterai ça à la boîte ! »

Elle en riait d'avance.

« Qu'est-ce qu'on risque, il n'a pas l'air bien méchant ton copain !

— Le problème, c'est qu'il n'est pas vraiment mon copain. Je te jure, Christine, j'ai l'impression de n'avoir jamais rencontré ce type de ma vie, c'est bizarre comme sensation, tu sais...

— Ah ! mais ça tourne à l'obsession ton histoire, mon pauvre Bas' ! Puisque lui te connaît ! Tu l'as sûrement oublié. Ça arrive tout le temps. Tu l'as marqué, lui non et voilà. Tu as dû voir tant de gens à force de passer tes vacances au même endroit. Je suis sûre que, même moi, je me souviens de gens qu'on a rencontrés pendant la seule semaine que j'ai passée à Juniac, et que toi tu as oubliés. Par exemple... »

Le terrain était glissant. Un fantôme flottait dans l'habitacle, un fantôme en pantalon blanc, aux muscles ronds, à la peau tannée par un été d'il y a si longtemps. Y songeait-elle aussi ? Je ne pensais qu'à lui. Depuis tout à l'heure, j'avais du mal à penser à quelqu'un d'autre que lui.

« Par exemple... attends, ah oui ! un type très sympa, il avait toujours une marinière rayée, il était avec une fille blonde, attends... il me semble qu'on avait chanté avec lui à côté de la tente... Fred ? Christophe ? un type de Lyon ? non, de Lille ! »

Avec de telles précisions, on ne retrouva aucun nom : tous les garçons, en 1983, s'appelaient Fred et Christophe et aimaient chanter près d'une tente, en marinière, à côté d'une fille blonde.

Elle semblait décontractée. Depuis ma banquette arrière, je pouvais distinguer la petite patte-d'oie que formait sur la peau blanche le plissement de son œil rieur. Non, elle n'avait donc pas envie de parler de lui, pourquoi le ferais-je ? Et puis aborder le sujet, à ce moment précis, avec elle, me mettait mal à l'aise. J'avais retrouvé Christine depuis quelques heures seulement, pourquoi lui infliger mes vieux tourments ? J'étais tellement certain que personne d'autre que moi ne pouvait les comprendre. Continuer à mourir d'un désir vieux de deux décennies, c'était une maladie de l'adolescent que je n'avais jamais cessé d'être, incapable de tirer un trait sur sa jeunesse. Que pouvait-elle comprendre à ça. Je la sentais heureuse, elle avait sa vie, sa famille. Les enfants, surtout, j'étais sûr que ça changeait tout du rapport à la vie, les enfants, cette projection vers l'avant, ce garde-fou à la mélancolie. Les associations d'idées avaient fait leur chemin dans mon esprit. Je me redressai sur ma banquette.

« Dis-moi ma Chris, je suis nul en amitié, moi. Je ne t'ai même pas demandé des nouvelles de tes petits... »

Elle se retourna vers moi en fronçant le nez, comme pour gronder :

« Ça c'est vrai que tu ne t'en préoccupes pas souvent ! Pourtant ils sont merveilleux tu sais ! Il faut que tu viennes à la maison au moins une fois de temps en temps, tu les adorerais.. Sinon, oui, ils vont bien. Voyons ? par lequel je commence... »

Elle n'en eut pas le temps.

Patrick était revenu, avec un chariot chargé de deux ou trois cartons fermés. Il ouvrit le minuscule coffre de la voiture, jura. Nos deux sacs de voyage prenaient toute la place. On l'entendait pester aussi contre les queues aux caisses, le monde, le retard. Il empila les achats à côté de moi sur le siège arrière en refusant mon aide, non, non, il ne fallait pas bouger, j'étais invité, il ne m'avait pas vu depuis des siècles, il n'était pas question de me faire bosser !

« Et tout ça, c'est pour consommer tout de suite ? » demanda Christine.

Il retrouva sa voix rieuse : « Surprise-surprise ! je ne dirai rien. Ce sont des munitions pour samedi. Il y en a déjà pas mal là-bas mais je préfère me blinder, il y en a qui ont de la descente. » Je finis le voyage en m'endormant à moitié, écrasé contre la portière par deux tas de caisses en carton, dans un cliquetis de bouteilles et une odeur d'oranges.

L'homme qui avait ouvert la grille du camping s'appelait Erwan. Il était sensiblement plus jeune que nous, quoique plus buriné, plus abîmé. Il portait un catogan, un pull marin. Au premier contact, il était très chaleureux, il me tendit une main virile, m'offrit un beau regard franc et souriant, s'enquit du voyage. Patrick fit des présentations rapides : « Comment je peux te présenter, Erwan ? T'es un peu mon bras droit quoi. » Le bras droit avait préparé le dîner, du cassoulet en boîte, comme jadis, avec un coup de rouge, on avala tout ça de bon appétit, sous l'auvent, le dos chauffé par le brasero. Patrick ne disait plus grand-chose. Il était absorbé par ses préparatifs. Il rappelait les cracks du lycée au moment des préparations d'examen important, il avait cette capacité à faire abstraction de tout ce qui n'était pas son sujet. Il avait sorti un petit carnet, vérifiait des points obscurs avec son acolyte. « À la 13, t'es sûr qu'on a mis les duvets ? Tu les avais oubliés. Et pour le vestiaire ? c'est bon, tout a été livré ? les godasses aussi ? toutes les pointures ? » Puis il replongeait dans le carnet. De temps en temps, se souvenant qu'on était là, il levait la tête vers moi, s'exclamait : « Ce vieux Basou ! t'as pas changé ! reprends du cassoulet ! Erwan, ressers du cassoulet à nos amis » et retombait dans ses notes. Erwan faisait la conversation. Au bout de dix minutes, il me fatiguait déjà. Trop bavard, trop hâbleur. Christine s'était mise en position stand by, un sourire charmant aux lèvres, et plus un mot – on sentait une pratique très rodée, vingt ans de déjeuners professionnels avec des raseurs, un vrai métier. J'essayai de ramener Patrick dans le circuit : « Ta boîte, c'est quoi exactement ? »

Il éluda sans lever le nez : « Arrête ! Je vous l'ai dit dans la bagnole, ma boîte on s'en fout, c'est un petit truc, des composants électroniques, si je t'explique, tu vas dormir tout de suite ! » Erwan en profita pour rebondir avec une fierté d'employé modèle : « Une petite boîte, une petite boîtc ! on est quand même trois cents ! Tiens je vais vous chercher le papier qu'on a eu dans *Le Nouvel Atlantique*, quand on a chopé le marché coréen. »

L'autre grommela : « On s'en fout du marché coréen, je te dis, on va embêter nos amis avec ça. On est en vacances, est-ce que je demande à Basile des nouvelles de Chirac, moi ? parce qu'il connaît Chirac, tu sais ! ».

— Beurk ! » dit Erwan à tout hasard.

Je ne me sentais pas d'engager une conversation politique. Patrick avait un sujet de prédilection, le plus simple était de ne pas s'en éloigner.

« Alors cette fête ? Comment ça va se passer ? »

La question le fit rire, il se tourna vers le bras droit : « T'entends ça, Erwan, ça fait six mois qu'on leur prépare la fête du siècle et ils voudraient qu'on leur raconte tout deux jours avant ? Demande-moi qui sera là pendant que tu y es ! non ! non, je vous ai lâché deux ou trois noms pour vous appâter, mais maintenant motus ! »

J'étais à court.

« Et... et pour l'hôtel donc...

— Basou, c'est pas vrai ! Tu vas pas recommencer avec ton hôtel ! Où est-ce que tu me trouves un hôtel, début avril, par ici ? Le premier ouvert, il est à cinquante bornes, et encore, je suis pas sûr. Vous y allez à pied, ou vous faites du stop ? »

— Bon alors on... »

Nous échut la 12, une familiale. Erwan avait prévu la 16, une « deux places », mais

Pat lui fit changer ses plans. Allons, puisque personne n'était encore arrivé, on pouvait leur donner une *quatre*. Tout cela était irréel. Patrick nous souhaita une bonne nuit et replongea dans ses papiers : ça n'était pas le tout, il avait du boulot, on était déjà jeudi. On s'éloigna dans le noir, l'auvent éclairé se découpait dans la nuit. On voyait sa grande carcasse courbée sur la table, son profil osseux, éclairée par l'arrière par le Butagaz : un Georges de La Tour, avec caravane.

Erwan nous accompagnait. Il tint à porter nos bagages, qu'on alla chercher dans la voiture. J'eus donc l'honneur de tenir la torche électrique, guidé par ses indications. L'herbe à nos pieds était froide. La nuit était profonde. Le faisceau de lumière éclairait parfois des petites canadiennes bleues, toutes semblables, je préférai diriger la lumière devant nos pas, pour ne pas chuter sur une pierre. On s'arrêta devant une grande tente, de ce modèle qui me faisait rêver, enfant, un vrai petit appartement, avec une avancée protégée sur le côté, puis une pièce intérieure, délimitée par son tapis de sol en plastique, et deux chambres, avec moustiquaires accrochées au toit par de jolis cordons blancs. Tout était propre et neuf. Il alluma une lampe, et un chauffage, quoiqu'il fît doux. À l'intérieur, deux matelas, deux duvets par chambre. Sur une petite table, une bassine en plastique, au pied, un jerrican d'eau. Christine répétait : « Ah! c'est marrant, ah c'est marrant! et donc on va... dormir ici? » Erwan ne releva pas, il s'était déjà éloigné.

Je la vis se déshabiller en ombre chinoise. Elle répétait : « Ah! c'est marrant, tu ne trouves pas, c'est marrant. » Elle continuait à parler assez fort, je lui répondis en chuchotant, avec cette vieille habitude de campeur, qui sait que les murs sont en dentelle :

« Chris, si tu ne le sens pas on s'en va demain, on trouve un taxi, on loue une voiture, on invente un truc pour qu'il nous raccompagne...

— Pourquoi t'angoisser déjà? On verra bien... »

J'étais en caleçon et en tee-shirt, mais je n'arrivais pas à me glisser dans le duvet. J'ouvris la fermeture de sa petite chambre : « Je peux venir? »

Elle était au lit, elle se dressa sur les coudes :

« Chouette! comme ça on se tiendra plus chaud! »

Nos deux matelas étaient séparés par un petit caisson qui servait de table basse et portait la lampe-tempête. Je venais d'éteindre, le silence était profond, je n'arrivais pas à trouver le sommeil ni à fixer mes pensées sur rien de précis : c'est dommage, méditer sur notre incapacité à comprendre ceux que l'on croit connaître aurait été un bon exercice. Tout à l'heure elle parlait à haute voix. Dans l'obscurité, maintenant, elle chuchotait.

« Tu te souviens, Basile, on s'était mis là-bas, à l'entrée...

— Tu y repenses à tout ça ? C'est drôle, je croyais que tu avais oublié.

— Pourquoi veux-tu que j'oublie ?

— Je ne sais pas, c'est si loin maintenant. Et puis tu as ta vie, tes enfants...

— Et tu ne penses pas que c'est parce que j'ai ma vie, mes enfants, comme tu dis, que je n'ai pas oublié ? Je te dis ça à toi, Basile, parce qu'on est dans le noir, et que je ne sais pas à qui d'autre je pourrais en parler, mais parfois, c'est pesant, tu sais, la vie, les enfants. Bien sûr, je les adore, ils sont tout pour moi, mais parfois je ne peux pas m'empêcher de penser que vous avez de la chance, vous, de ne pas en avoir. Les petits déjeuners qui recommencent tous les matins, les inscriptions au judo, les cadeaux de Noël, les qui fait quoi pendant les vacances, la rentrée... La rentrée ! On est en avril et je serais capable d'en cauchemarder déjà. Tu ne peux pas savoir à quel point ça pompe toute l'énergie qu'on a en soi. Alors oui, de temps en temps, je pense à...

— À ta jeunesse ?

— À *notre* jeunesse. »

L'odeur de toile était la même, la lumière irisée aussi, il fallut un temps, au réveil, pour que je me souvienne de l'endroit où j'étais. Christine dormait toujours. Il faisait chaud, une touffeur d'août, on avait oublié de couper le petit chauffage au gaz, la veille. Il m'avait semblé entendre un frôlement près de la tente. Je me levai, ouvris la fermeture zippée, on avait déposé sur un plateau un thermos de café, des yaourts et un sac de croissants, de ces atroces pâtons caoutchouteux de supermarché. L'intention était délicate.

« Rien n'a changé, j'ai tout revu. » Je dois porter des gènes d'instituteur. Dans les moments de grande émotion, parfois, la première chose qui me vient, c'est un reste de récitation surgi du fond d'une classe. Autour de moi, calmes et frais, déserts et silencieux par ce matin d'avril, les Tournesols. En moi, des vers de Verlaine appris trente ans plus tôt. Je n'avais pas poussé la porte étroite qui chancelle, on l'avait ouverte pour moi. Je me suis promené dans mon petit camping. J'ai tout revu, non, rien n'avait changé.

Hier, dans le noir, on les aurait crues nombreuses, en fait, seules une quinzaine de tentes avaient été montées, petites ou grandes. Vers l'entrée, la caravane de Patrick. L'endroit paraissait bien plus désert que je ne l'avais connu, lors des étés d'autrefois, évidemment – qui est assez fou pour faire du camping avant même que n'aient commencé les vacances de Pâques ? – mais il était identique : une prairie striée d'allées pierreuses, plantée de quelques arbres, ouverte d'un côté sur le marais, de l'autre sur la petite route le séparant de la mer, avec la minuscule maison du gardien, à l'entrée, et le bâtiment des douches et des toilettes, au centre. On l'appelait le bloc. Je fouillai dans mon sac pour y prendre ma trousse et m'y dirigeai, en la faisant balancer au bout de mon bras, comme par habitude. Erwan me surprit sur le chemin, il portait un sac de toile bleu et un maillet. Il allait monter encore une tente, sans doute.

« Alors, bien dormi ? C'est super, hein, c'est super ! un camping pour nous seuls, tu imagines ! » Il était aussi cordial que la veille. Avait-on goûté ses croissants, non ? pas encore ? Patrick s'excusait, il était parti chercher du matériel. Il en avait pour une heure ou deux.

« À propos de matériel, il faut que je te montre quelque chose... »

Il m'emmena vers une vaste tente blanche, pareille à celles que l'on voit dans les parcs des mariages chic, elle était cachée par le bâtiment des toilettes, je ne l'avais pas vue, c'était le *vestiaire*. Le vestiaire ? Il me dit juste : « Donne-moi tes tailles. Pantalon, chaussures, chemise. » À l'intérieur, accrochées à des portants, ou rangées sur le sol, des dizaines de tuniques indiennes, de vestes afghanes de peau de mouton retourné, des sabots suédois à semelles de bois de toutes les couleurs, comme on en faisait alors, des écharpes de coton, du mauve et du orange, la plus incroyable collection de panoplies des années soixante-dix jamais assemblée. « On avait pensé demander aux gens d'apporter leur costume, et puis on s'est dit que c'était plus simple de fournir. » Il caressait en parlant le col de velours de ce que l'on appelait un maximanteau. « Ah ! ça n'a pas été facile de tout dénicher, mais en six mois voilà ce que j'ai récolté. » Il était fier. Six mois de puces, de vieux entrepôts. Patrick l'avait détaché de son boulot à « la boîte », comme il disait, exprès pour ça. « Tu sais, quand Patrick fait un truc, il aime bien le faire à fond. »

J'étais ébahi. Il me redemanda mes mensurations. Ah non ! il était hors de question que je me déguise ! Hors de question ! Je montai la voix. Il prit un air ! un air ! je ne saurais comment le décrire. Je crois que s'il s'était mis en colère pour m'imposer quoi que ce soit je me serais fâché. Non, c'était un air de chien dépité. Comment ça ne pas m'habiller ? mais il le fallait ! Déjà pour hier soir Patrick n'avait rien dit, mais en principe tous les gens qui entraient dans le camping devaient passer au vestiaire. C'était obligatoire, o-bli-ga-toire !

Dix minutes plus tard, je me dirigeais vers la tente, vêtu d'un pantalon à pattes d'éléphant bleu turquoise, d'un pull de shetland à col en V vert pâle, couvert d'un anorak bleu pétrole, spontanément, j'avais retrouvé l'assortiment que je portais en classe de seconde. J'étais redevenu un élève de seconde, franchement vieilli, un peu chauve, claudiquant dans ses sabots. Quand on n'en a pas porté depuis deux décennies, on n'en retrouve pas si facilement l'usage. Se mêlait en moi un sentiment de vague humiliation et d'intense absurdité. Un rire éclata, un rire connu. « Bas' ! tourne-toi que je voie tout ! tu es superbe ! tu es superbe ! » Laurence, Laurence ! Pour le coup c'était elle. Elle se tenait assez loin, de l'autre côté de la grille qui délimitait le camp, en train de fermer une voiture. Je la distinguais assez mal, mais même de loin, je pouvais constater le changement. Des cheveux coupés court, avec une mèche sur le côté, un blouson clair, un chemisier sombre sur lequel je croyais apercevoir un collier de perles, et un pull noué autour de la taille comme en portent les femmes qui croient avoir pris trop de hanches – un pull jaune. Elle avait quelque chose – comment dire ? – d'une bourgeoise de province. « Oh ! ça alors ! Ça me fait plaisir ! J'étais sûre que tu n'allais pas venir ! ça me fait plaisir ! *Tou n'a pas channgé, tou n'a pas channngé !* Et ce vert amande ! quel pull, quel look ! » Elle faisait des signes, ne bouge pas, je fais le tour, j'arrive. Moi aussi j'étais content de la voir. De l'autre côté de sa grille elle me donnait l'impression de l'infirmière arrivant enfin pour prendre son service à l'hôpital psychiatrique.

9.

Laurence! Je suppose qu'elle ne connaîtra jamais le rôle qu'elle a joué dans une histoire si importante pour moi. Sait-on jamais les effets que peuvent avoir sur les autres des gestes auxquels on ne pense sans doute pas vraiment. Le jour où je l'ai rencontré lui, elle était là. Il faut croire que, dès le début de ma vie affective, j'ai toujours eu besoin des filles pour aimer les garçons. Elle a beaucoup changé, mais son rire est le même. Je l'ai encore dans l'oreille.

En quelle année étions-nous alors? Il me faut replacer précisément le curseur sur la règle du temps, je finirai par m'égarer moi-même dans le dédale de ces souvenirs. C'était l'été juste après le bac, autant dire que, la poche lestée d'un petit papier si précieux, le frêle adolescent des premières années des Tournesols avait mûri.

L'après-midi finissait, il devait faire beau,

il fait toujours beau dans les étés lointains dont on se souvient. J'avais donc fait, ce jour-là, la promenade de Juniac avec Laurence. Elle avait cette même peau mate de jolie brune, qui lui donnait l'air d'une Espagnole – cela non plus, n'a pas changé – mais elle n'avait pas encore coupé ses beaux cheveux noirs. Elle les ramenait parfois en chignon en les pinçant dans ces sortes de broches en cuir ornées de motifs celtiques qui se faisaient beaucoup. Elle portait d'amples robes de cotonnade et des sandales. À l'époque, elle n'aurait pas déparé devant un stand de fromages de chèvre, dans un marché d'Ardèche. Sans doute, sur le chemin, lui avais-je fait une cour de routine. Je l'ai dit, nous étions censés être ensemble. Je ne pense pas qu'elle ni moi y croyions encore beaucoup. Au village, il y avait deux cafés, qui se faisaient face. Laurence n'avait pas envie de boire un diabolo chez l'Ami. Alors je lui ai proposé d'aller lui acheter une Chupa à l'Escale, qui faisait débit de tabac, buvette et crêperie en plein air dans un bout de cour.

Il jouait là au baby-foot avec des garçons du même genre que lui, avec des mèches, des chemisettes New Man, des bermudas clairs à revers, un genre que nous ne fréquentions pas. Lui portait un jeans tel que je n'en avais

jamais vu. C'était un 501. Dans ces années
régnaient au choix des jeans serrés ou ces
pantalons de velours peau de pêche à taille
basse qui faisaient les hanches osseuses et les
culs plats. On n'imagine pas le choc que fut
pour les âmes sensibles et obsédées comme la
mienne l'arrivée d'un pantalon qui marquait
la cambrure des reins et dessinait les rondeurs
du bas du dos. Il le portait somptueusement.
Je ne puis dire aujourd'hui cela autrement. La
première chose que je vis de lui, et qui me
frappa à tel point que cette image me hante
toujours, ce furent ses fesses. Elles étaient
fortes, viriles, sportives, troublantes, à son
image. Je ne sais pas s'il était beau, je ne me
suis jamais posé la question en ces termes, il
était *sexe*. Je sais que, pour tenter de le
voir de face, j'ai fait le tour du baby-foot
tellement obnubilé par l'idée qu'il ne fallait
pas que je le regarde, que le monde entier a dû
comprendre que je ne voyais que lui. Il avait
les cheveux courts, des cheveux châtain blond
très raides coupés en brosse, il était concentré
sur le jeu, j'étais fasciné déjà par la façon
dont il tournait les poignées, cela faisait
bouger les muscles de ses bras qui dépas-
saient des manches de son polo, un polo
sombre, bleu marine, sans doute. Je suis
arrivé tétanisé au comptoir. La perspective
d'acheter deux sucettes m'a paru ridicule,

absurde, obscène. J'ai demandé d'une voix forte et se voulant assurée la seule chose qui me passa par la tête et me paraissait le comble du chic : « Un paquet de Dunhill menthol longues, s'il vous plaît. » Dans un milieu où l'on fumait le pétard un peu, la pipe ou la cigarette roulée beaucoup, la demande relevait de l'acte de rupture. La partie avait cessé, il était debout devant le jeu, à regarder d'autres jouer. En sortant, j'ai croisé son regard une fois, fixe, soutenu. Je n'y ai rien lu, ni bienveillance ni agressivité. Laurence m'attendait à l'entrée. Elle n'a fait aucun commentaire sur l'absence de Chupa, et le paquet de clopes que je tenais bêtement entre deux doigts, sans trop quoi savoir en faire, je venais d'acheter des cigarettes pour la première fois de ma vie. On s'est éloignés. Puis elle s'est mise à rire : « On peut dire que tu es discret toi ! »

J'ai fait l'imbécile, fort mal : « Discret ? euh, pourquoi ? Tu dis ça pour les clopes ?

— Non, quand tu regardes quelqu'un. »

J'ai battu en retraite sans combattre : « Il est plutôt beau, non ? »

Elle a fait la moue, a retroussé le nez et rajusté son foulard de coton indien mauve : « Tu le trouves beau ! mais c'est un minet ! »

En relisant aujourd'hui les magazines de ces années-là, on pourrait croire que le monde était séparé en deux planètes, les jeunes, les vieux. C'est la grande affaire de l'Occident après 68, le tout début des années quatre-vingt en vivait les derniers feux. Toutes les deux semaines, les journaux se lançaient dans l'exploration de cette mystérieuse planète qui hantait le pays, « la jeunesse », à coups d'enquêtes de fond et de généralités définitives, « que veulent-ils vraiment ? », « ils se désintéressent de la politique », « qu'avons-nous à leur proposer ? ». On lit les mêmes fadaises, deux décennies plus tard, dans les mêmes magazines, signées par les vieux d'aujourd'hui qui sont les concernés d'hier, cela prouve, soit dit en passant, que le renouvellement des générations se passe plus facilement qu'on ne croit. Cette grande division se retrouvait bien sûr sous les ombrages et les auvents bleus des Tournesols. La géographie du camping elle-même en portait la trace, à l'entrée le petit camp de toile des jeunes, un peu trop remuants, un peu trop bruyants, rentrant tard dans la nuit, se levant plus tard encore le matin, encerclé par l'océan des parents, les couche-tôt en caravane toujours prêts à froncer le sourcil au moindre tapage nocturne des premiers et en faire des commentaires toute la journée du lendemain : il n'y a pas tant à faire, en vacances, il faut bien s'occuper.

Parfois aussi, pour rompre la monotonie de cette pièce trop entendue, les vieux jouaient à inverser les rôles.

Tous les ans, vers la mi-juillet, le casino du Havenau, la station balnéaire chic la plus proche, organisait un « grand bal des croulants », tout spécialement réservé aux populations d'un certain âge, autant dire les plus de quarante ans. Mon oncle Roger et mon père allaient chercher les places. Ma tante Solange et ma mère s'en faisaient une joie une semaine à l'avance. Et tout le petit groupe partait vers les huit heures du soir en respectant un rite toujours identique. Ils passaient nous embrasser au camp des jeunes, tout fiérots, tout excités, « ce soir on sort ! ce soir on sort ! », en nous donnant quelques recommandations énervées, « il y a de la salade de tomates et du jambon à la caravane, vous ne faites pas de bêtises », ils sortaient du camping, habillés normalement, en pull du soir, chargés de sacs. Puis ils filaient aux bagnoles, soigneusement planquées dans la rue derrière, pour y enfiler les vestes chic et les robes longues un peu chiffonnées et y finir le maquillage et les coiffures. En me racontant bien plus tard cette liturgie dont je ne m'étais jamais rendu compte, tante Solange s'en esclaffait encore : « Tu nous aurais vues avec ta mère à se tortiller dans les voitures pour passer nos habits ! Et comment on aurait pu faire autrement ? Tu nous vois traverser tout le camping en tenue de soirée ! Ils se seraient tous foutus de nous ! » Et l'incongruité de cette situation la faisait hurler de rire encore plus : « Tu imagines, en robe de soirée dans un camping ! »

Comme partout, il y avait la planète jeune et la planète vieux, mais comment ne pas voir que ces mondes étaient traversés de tant d'autres lignes de fracture, sociales, politiques ? Tous les vieux le savaient donc, on ne mélangeait pas les robes du casino d'un Havenau et les tongs. Notre petite bande aussi avait ses tabous : il ne manquait pas non plus de gens avec qui on ne se serait mêlés pour rien au monde. Évidemment, sous les cotonnades mauves, et les odeurs de patchouli, on se devait d'être *cool*, c'était la loi du temps. On connaissait des filles qui ne mettaient pas de soutien-gorge, on portait des jeans crados et mal coupés tout exprès, et il fallait voir avec quel entrain on hurlait « c'est pas de ta faute si t'es fasciiiiste ! » en chantant le « Parachutiste » de Maxime Le Forestier, c'est dire à quel point on était libres, rebelles et affranchis de tous les préjugés. Je me rends compte maintenant à quel point nous ne l'étions pas.

Une des années précédentes, j'avais eu un coup de cœur, sur la plage, pour un Loïc, son père était marin-pêcheur au Troadec, un de ses oncles tenait la baraque à frites, il venait parfois lui donner le coup de main, vingt-cinq kilomètres à mobylette, pour un petit billet. Ensuite il traînait un peu sur la plage avant de refaire vaillamment son chemin du retour. Il était râblé, avec une tête ronde et le nez épaté, je lui trouvais une allure de bagnard, j'adorais déjà ça, et je n'avais pas encore lu Genet. Il était méfiant, timide sans doute, jamais il ne serait venu s'allonger avec nous, la bande alanguie sous les bateaux, qu'il connaissait pourtant, il servait des frites à chacun. Je trouvais souvent un moyen, quand je l'apercevais assis sur les petits bancs qui surplombaient la grève, d'aller discuter avec lui, disons d'échanger trois phrases. Un après-midi, tout le monde était comme d'habitude à la plage, je lui proposai d'aller faire de la guitare auprès de ma tente. Quand je ne parle pas, je chante, c'est une autre façon de faire du bruit. J'essaie évidemment de l'éblouir avec nos tubes du moment, Gilles Vignault ? Alan Stivell ? Je l'entends encore demander benoîtement : « Et du Johnny, t'en connais pas ? » Effarement de ma part, que j'essaie de masquer. On l'a oublié peut-être, parler d'Hallyday à un jeune de gauche à la fin des années soixante-dix, cela revenait à proposer d'assister à la projection d'un film porno à la supérieure du carmel de Lisieux. Je bottai en touche avec hypocrisie : « Euh non ! les Johnny je ne sais pas les jouer, c'est trop dur.

— Alors Sardou ? » Loïc était beau. On ne dit pas non deux fois, me voilà parti sur « La maladie d'amour ». Je ne finis pas le premier couplet que surgit de sa tente, apparition dantesque, la tête d'aigle méchant d'Ivon secoué d'un rire sardonique. Ivon, la grande gueule en chef, le lider máximo des Tournesols, le Lénine des campings. Il a l'esprit très large, bien sûr, il a tout l'amour théorique pour la classe ouvrière et les goûts des prolos en général, mais peu pour les préférences du neveu du marchand de frites. De toute évidence, qu'on chante du Sardou sur son territoire est de l'ordre de l'impensable. Il sort de sa canadienne en hurlant toujours de rire, un rire horrible, blessant, il se met à entonner à pleine voix, « Elle couuuurt ! elle couurrrt ! du Sardou ! c'est gé-ant ! attends, attends, je connais mieux », il se saisit de ma guitare, dont il joue bien mieux que moi, et se met à ululer comme un fou : « Ne m'appelez plus jamais Frannnnnnce... » Je me rappelle cette scène avec effroi, non à cause de la petite saloperie d'Ivon. À cause de mon attitude, d'une lâcheté misérable. Loïc était effaré, je ne pense pas qu'il comprenait vraiment ce qui se jouait, il sentait qu'on se moquait de lui. Moi je ne fis rien d'autre que de rire à la blague délicieuse du chef, d'un rire faux et gêné. Le petit se leva et partit sans un mot, je dis : « Allez, reste encore un peu, c'est marrant », avec si peu d'énergie qu'il ne se retourna même pas. L'autre beuglait toujours.

« C'est un minet, je te dis ! T'as vu ses copains ? » Laurence s'est appuyée sur le muret qui longe la route en se baissant pour attraper son pied, elle a un caillou dans la sandale. Elle a relevé le nez vers moi pour assener une évidence qui est tombée comme un couperet. Seulement Laurence n'est pas Ivon, elle a meilleur cœur. Ou peut-être l'idée lui chatouille-t-elle l'esprit – allez savoir avec les filles ? Elle ajoute :

« Note, lui aussi il t'a regardé !

— Il m'a regardé ?

— C'est pas vrai, mais vous les mecs vous êtes aveugles ou quoi ? T'as pas remarqué qu'il a fait le tour du baby juste quand tu faisais la queue pour les clopes juste pour t'avoir en ligne de mire... »

Il m'a regardé! J'en ai le souffle coupé. Mais pourquoi? Je suis assailli de pensées confuses. Il m'a regardé, mais peut-être est-ce qu'il m'a trouvé atroce? Et puis qu'est-ce que ça prouve qu'il m'ait regardé. Ou alors peut-être... Il m'a regardé. Il faut passer à autre chose, faire baisser cette tension qui monte en moi, reprendre le chemin, repartir sagement au camping.

Laurence a réajusté sa sandale, se remet en route, s'arrête brusquement.

« Je suis sotte! J'avais promis à ma mère de lui rapporter des tomates si j'allais au village. Tu viens avec moi? J'en ai pour cinq minutes. »

Je ne saurai jamais si elle l'a fait exprès ou pas.

Les cinq minutes ont dû en durer quinze, il y a du monde à l'épicerie en fin d'après-midi. Et moi, appuyé sur le mur en face, à attendre mon amie, j'espère que la caissière sera encore moins pressée que d'habitude. Le café est à côté, j'ai le regard vissé sur la petite grille qui sert de porte. Les dieux sont avec moi, il sort. J'ai trop peur qu'il ne me voic pas, ou qu'il voie que je le regarde, je respire fort et tourne le regard de l'autre côté, vers la place.

« Il ne faut pas trop fumer, c'est mauvais pour la santé. » Il est à côté de moi, il m'a abordé, je n'en reviens pas.

« Tu rigoles, je ne fume pas, moi, c'était pour... pour ma copine, je l'attends elle est... à l'épicerie.

— T'es en vacances ?

— Oui, je suis en vacances au... en vacances par là. »

J'allais prononcer le mot camping, il m'est resté dans la gorge, une drôle de honte, idiote, incontrôlée. On parle deux minutes, les vacances, le temps, c'est sympa la Bretagne. J'ai réussi en quatre phrases à dire trois fois « ma copine », comme pour bâtir une barrière qui me protège contre mes propres désirs.

« Moi, je vais plutôt par là – il désigne l'autre côté de la baie. La plage de la Marquise, tu connais ? Je fais de la planche, tu n'en as jamais fait ? Viens voir une fois, je te montrerai si tu veux. »

Laurence m'a-t-elle vu parler avec lui, cette fois ? Peut-être a-t-elle fait une nouvelle remarque ? Je m'en foutais déjà.

Le lendemain matin, à la première heure, en espérant que personne des Tournesols ne m'ait repéré, j'ai pris le chemin des douaniers qui longe la côte pour aller rôder là où aucun de nous ne va jamais. Qui irait à la Marquise ? On se borne à dire qu'elle porte bien ce nom snob et désuet, c'est la plage des

« minets ». Pour le coup, il pleuvait, ce jour-là. J'ai béni cette pluie. Un jour de grand beau, la foule m'aurait fait peur, j'aurais tourné les talons. Sous la bruine, la grève était déserte. Il était seul, en bas de la rampe, à côté de sa planche, en combinaison. Il a ri en me voyant : « Pour la planche, tu tombes mal, je ne te montrerai pas ce matin, ... trop chiant ce temps... » On a parlé, tous les deux, les joues rosies par le crachin breton. Puis la pluie est tombée, plus drue. « Attends... » Il a soulevé un petit bateau de plastique, qui dormait sur la plage, en a redressé un côté qu'il a maintenu avec deux bâtons qui traînaient. Combien de temps est on restés sous cet abri de rien, assis sur le sable doux, à regarder la brume jouer à chatouiller les vagues grises, à parler de rien. On était sous une barque. J'étais chaviré.

Il s'appelle Jean-Antoine Marcadet. Pour une obscure raison liée sans doute à un épisode de l'enfance ou de l'adolescence, il se fait appeler Tony. C'est le seul détail qui, chez lui, sonne populaire. Pour le reste, il vit aux antipodes exacts de mon monde à moi, c'est un *bourgeois*. Plus tard, on comprend que les êtres sont plus complexes que le moule étroit dans lequel nos fantasmes veulent les serrer. Cet été-là, je ne veux voir chez lui que cette panoplie parfaite dont chaque accessoire m'est étranger et me fascine : il porte des polos, les cheveux très courts, il adore le sport, a fait sa scolarité à l' « école libre », finit sa première année de sciences éco, va peut-être finalement faire du droit et aimerait « bosser dans l'immobilier ». On n'imagine pas l'obscénité de ce seul désir aux yeux d'un individu formé au cinéma de gauche des années soixante-dix, pour qui la figure du « promoteur » se tient, dans l'échelle des méchants, un peu au-dessous de celle du nazi, mais à peine. Pourquoi tout cet attirail m'a-t-il à ce point ensorcelé ? Sans vouloir faire offense à personne, l'idée de tomber raide dingue d'un gommeux en polo parlant marché locatif me paraît aujourd'hui d'un glamour très relatif. À ce moment-là, du bout de mes tennis à la dernière mèche de cheveux que je portais encore, avec un cran de retard, au-dessus de l'oreille, je suis tombé fou de l'ensemble. Par quel mystère ? L'envie sournoise et excitante de trahir la bande ? L'obscure réponse à je ne sais quelle injonction non dite de ma mère, de ma tante Solange et de leur rêve de *chic* ? La volonté d'en finir avec tout le fatras des années soixante-dix ? Ou, tout simplement, tout bêtement, étais-je dingue de désir ?

J'ai fait souvent, cet été-là, le chemin de la Marquise. Toutes mes journées ne tournaient qu'autour de cela. La leçon de planche ne me tentait pas, j'avais trop peur d'être ridicule, gauche, devant sa bande qui me tétanisait assez comme cela. Et puis le sport alors n'était pas mon fort, ça non plus, ça ne se faisait pas. Il fallait que j'aille guetter pendant des heures sur la falaise qui surplombe la plage, pour le croiser au bon moment alors qu'il remontait vers la villa de ses cousins où il passait tous les étés : « Tiens ! Tony ! Sympa ! On fait un bout de route, je vais faire des courses au village. »

Comment deux êtres aussi différents pouvaient-ils communiquer ? Devant l'épicerie, je n'avais eu de cesse de parler de « ma copine », par trouille. Je sens qu'il faut être direct, mais je ne sais pas comment on va droit. J'ose lui parler de ce qui m'obsède, à ma façon à moi : Tu as vu *Mort à Venise* ? Et Gide, ça te plaît ? Tiens, je viens de lire un article formidable de Jean-Louis Bory ? Tu connais ?

J'étais ainsi, tellement paralysé par l'action concrète, que je ne voyais comme seule stratégie possible que le bombardement de références théoriques. Lui tourne autour des choses autrement, d'une façon que je trouve cruelle quand j'y repense le soir, dans ma tente. Non, Gide et *Mort à Venise*, ça ne lui dit rien, il fait trop de sport, il n'a pas beau-coup de temps pour le cinoche et les bou-quins. Et il ne me parle que de « soirées » (nous alors, on dit encore « une boum ») et des filles qu'il y rencontre. Ça me rend fou. J'en rajoute.

Un soir, nous marchons sur la route, je parle, comme d'habitude, j'essaie de le faire rire, de me faire briller, j'essaie tout ce que je peux, il me coupe au milieu d'une phrase, me regarde en souriant et dit : « Tu sais, Basile, il y a un truc qui serait vraiment sympa...

— Oui, quoi ? ai-je souri à mon tour.

— Que tu te taises ! »

J'en suis resté littéralement bouche bée, la mâchoire ouverte, hébété, vexé au-delà de l'imaginable. Je pense que j'ai balbutié quel-que chose, l'idée de me taire était pour moi impensable. Je le revois, narquois, content de son effet. Il portait un petit blouson à dou-blure vichy. D'un geste fort, il m'a poussé vers le chemin qui partait sur la droite, vers le marais, en riant. Un rire de gêne, ou d'envie. Je ne disais plus un mot. On a tourné au coin de trois arbres, il m'a fait arrêter, d'une pres-sion de la main sur mon bras, j'ai pivoté, nous étions face à face, il m'a mis la main à la bra-guette en disant : « Désape-toi. »

Du détail de cette scène, je n'écrirai rien. Je mentirais en disant qu'il était le premier garçon avec qui je baisais. Il était le premier qui m'apprit ce que baiser veut dire, dans la crudité efficace et brûlante du mot. À seize ans, on pense tous que l'amour relève de l'exploit technique, on voit ça comme un concours de piano ou un examen d'équitation, une épreuve devant jury, pleine d'exercices virtuoses et de morceaux de bravoure. Il m'a appris en dix minutes que l'adresse n'est rien, que les catégories ne veulent rien dire. Entre filles et garçons, entre filles, entre garçons, c'est tout un, seule compte la rencontre simple et brutale d'un désir et d'un autre.

Tout juillet, Tony m'a rendu fou. J'essayais de rire avec les autres, de vivre avec les autres, je ne pensais qu'à lui. Ça devait se voir. « Alors, il paraît qu'on bande à part », s'était esclaffé Ivon, devant tout le monde naturellement. Je ne relevai pas, ça ne m'affecta pas. Tout juillet, Tony joua à me rendre fou. Il restait collé à son groupe s'il voyait passer ma tête au bout de la Marquise. Il s'arrangeait un peu plus tard pour passer devant moi en serrant fort une fille contre lui, puis s'arrêtait pour l'embrasser, s'il voyait que je le suivais. Il me saluait à peine s'il me croisait dans le village. Et alors que, seul sur un banc face à la mer, pauvre Chateaubriand des campings, je désespérais qu'il me traitât ainsi, il apparaissait sur son vélo et laissait tomber, impérial : « Je te cherchais. Tu viens faire un tour ? »

On alla au marais combien de fois, quatre, cinq ? À raison d'un quart d'heure par épisode, cet été-là, je l'ai serré contre ma peau, caressé, aimé, combien de temps, donc ? Une bonne heure ? Vers la fin du mois, deux ou trois jours à peine avant mon départ à moi, il avait disparu. Plus de tête blonde derrière les grands bateaux à la Marquise. Plus de polo bleu au baby. J'allai rôder vers la villa. Je croisai un grand échalas maigre à la voix nasillarde, un de ses cousins, sans doute. J'étais trop angoissé, je m'enhardis même à lui adresser la parole : « Tu cherches Tony ? C'est un peu tard, il est parti hier. Pour le revoir à Juniac, il faudra venir l'année prochaine. » L'année suivante, je n'y allai pas.

10.

Le rire de Laurence n'a pas changé, ni sa couleur de cheveux, ni ses beaux yeux sombres. Son allure oui. Je la regarde fermer sa jolie petite voiture noire, je ne sais de quel modèle il s'agit, je n'y connais rien, je distingue à peine une Espace d'une Twingo, mais j'admire le geste, élégant et sûr, un geste que l'on prend pour fermer une jolie petite voiture noire. Elle ne porte pas de serre-tête de velours, mais quelque chose me dit que les copines qu'elle fréquente maintenant doivent en porter. Je la regarde longer la grille pour me retrouver : une jolie femme, oui, une jolie bourgeoise catho de province. Le fond, finalement, aura repris le dessus. L'a-t-elle combattu pourtant ! Laurence était la vestale des Tournesols, et c'était la seule de la bande qui n'était pas du camping. Sa famille possédait la grande maison dominant la plage, de l'autre côté de la route, seulement elle n'y passait que pour y manger et dormir, le reste du temps, elle était toujours fourrée avec nous. J'ai peu de souvenirs de ses parents, un grand type un peu austère toujours en pantalon de flanelle, même par temps de canicule, et une femme à chignon, assez chic et discrète. J'ai oublié ses sœurs, on ne les voyait jamais. La splendeur d'origine de leur villa, petites tourelles en décroché, indiquait de quel milieu ils étaient issus; le délabrement des fenêtres, la fissure sur la façade, l'état du salon de jardin que l'on pouvait apercevoir par les fentes d'une haie trop mal taillée, disaient que les temps étaient plus durs. Laurence par atavisme, en quelque sorte, aurait dû ne fréquenter que la Marquise. Elle n'aimait que les gens du camping, une rebelle. Pourquoi? Il ne s'agissait pas d'un choix politique véhément, la période ne portait déjà plus au gauchisme lapidaire. C'était ainsi, tout ce qui lui rappelait son origine, tout ce qui lui semblait « bourge », la faisait vomir. Je la trouvais très *select*, moi, pourtant. Elle portait déjà ses foulards de coton indien comme des carrés Hermès et m'impressionnait toujours à cause de ça. J'aurais adoré qu'elle me fît pénétrer un jour cet univers que je ne connaissais pas : dans cette longue salle à manger que je devinais depuis la grille, quand je passais la chercher, mangeait-on dans des assiettes ornées de scènes de chasse avec d'incompréhensibles variétés de couverts en argent ? Sonnait-on une vieille bonne pour faire servir des mets compliqués que je ne connaissais que par les livres, des poulardes, des cailles sur canapé ? Je n'eus jamais droit à la visite, ni aux présentations, on eût dit qu'elle avait honte des siens. D'où son cri d'effroi, devant l'Escale, à Juniac, quand j'avais osé trouver beau un type aussi *marqué*. Non seulement je reniais ma classe, mais encore je trahissais ses choix.

La voilà qui me rejoint, m'embrasse, elle n'en revient pas : « Il est impayable, ce Patou, il a réussi à te faire venir... Il y tenait absolument, tu sais ! Tu penses, notre vedette de la télé... » Elle rit de son rire cristallin, la « vedette de la télé » m'agace un peu, ou plutôt me navre, d'abord je n'en suis pas une, ensuite, j'ai horreur de toute révérence à l'égard de la télévision, cette méprisable pieuvre qui étouffe l'époque de sa médiocrité flasque. J'aurais voulu ne pas entendre cette niaiserie dans sa bouche à elle. Elle en ajoute à ce côté provincial que je ne lui connaissais pas et que je ne voudrais pas lui connaître. Elle poursuit avec les fringues, tâte le pull, son étonnement grandit – mais où as-tu déniché ça ?

Je désigne la tente, où elle va sans doute trouver elle aussi sa panoplie : « Pas possible ! il a acheté des fringues pour tout le monde ! ça va lui coûter un pognon ! Tu me diras, il en a... » Elle répète en écho : « Ça... il en a... » On la sent admirative, on suppose aussi, à son ton de voix, qu'elle ne doit pas en avoir autant, et on comprend qu'elle le regrette.

Je ne sais par où commencer, tout s'embrouille dans mon esprit. Je voudrais surtout lui demander des explications sur Patrick, la fête, cette étrange raout dans un camping. À brûle-pourpoint, cela me semble indélicat. Aussi je lui prends le bras, je cherche une diversion : « Viens, je vais te présenter mon amie Christine. Tu la connais non ? Mais si, Christine, une de mes amies de Rouen ! Je suis venu avec elle une année. C'était l'année où on est partis avec... » Je me retiens. Le nom me reste sur le bord des lèvres. Pourquoi lui raconter ça ? Que sait-elle de cette histoire ? C'est du passé, n'en parlons plus, pas à elle en tout cas. Je me reprends. « C'était l'année où je suis venu avec elle, Christine... une fille châtain, très sympa. Note, à l'époque, elle était peut-être brune, ça change ces choses-là ! » On est à côté du bloc, on entend des bruits de portes. Ça doit être elle. C'est Erwan. Laurence et lui s'embrassent, ils se connaissent bien, visiblement.

« Erwan ! tu vas me dire toi, je suis venue ce matin pour donner un coup de main, qu'est-ce que je peux faire pour aider ?

— Rien ! rien, tout va bien, tout est déjà quasi prêt. De toute façon Patrick a demandé que les invités ne s'occupent de rien. Il restait trois ou quatre courses à faire, il est allé au Havenau et sinon... »

Je me suis mis un peu en retrait pour les laisser parler, j'aperçois Christine. Elle est là-bas, dans la cabine téléphonique qui se trouve sur le bord de la route, à l'autre extrémité du camp. Elle en a laissé la porte entrouverte, l'air est si pur que l'on entend distinctement des bribes de sa conversation, des mamours de mère : « Alors, petit chaton... tu as bien déjeuné... et Clara ?... elle a été sage... ? »

Face à Laurence, Erwan continue : « ... sinon, il restait les bateaux à revoir, mais Tony s'en occupe. »

Je ne sais si cela s'est vu à la couleur de mon visage, j'ai senti mon sang descendre d'un coup. Et, dans le même temps, une pensée peu avouable, une pensée stratégique a gagné mon esprit. J'ai tourné légèrement les yeux vers la droite pour vérifier que Christine téléphonait toujours. Parfait. Cela laissait libre cours au désir animal qui m'envahissait. Il fallait que je le voie le premier. C'était irréfléchi et impérieux. Moi d'abord. Moi et lui. Avant qu'Erwan ou Laurence ait eu le temps de poursuivre, j'ai dit, d'un air enjoué : « Tony ! sympa ! je vais lui dire bonjour ! », et je me suis mis à courir vers la plage.

À vingt ans, j'ai lu *Chéri* de Colette. Ce livre m'a semblé un des plus beaux du monde. Puis j'ai lu le roman qu'elle écrivit à la suite : *La Fin de Chéri*. Je n'en sais pas de plus déprimant. Dans ce volume, le bel amant d'hier, insouciant et frivole, que les tranchées et la guerre ont désormais lesté d'une incurable tristesse, veut revoir sa maîtresse, cette femme mûre, élégante, royale, dont il se rend compte enfin combien il l'a aimée. Après avoir hésité longtemps, si longtemps, il se décide. Il se fait introduire chez elle à l'improviste, entre dans une pièce. Une grosse dame aux cheveux gris et courts, de dos, y écrit à un bureau. « Léa ? Où est Léa ? » demande Chéri, qui ne veut pas comprendre.

J'ai couru jusqu'en haut de la rampe par laquelle on descend vers le sable. En contrebas, un type était penché sur un dériveur encore posé sur son petit chariot, la tête perdue dans la mâture, occupé à visser ou à dévisser une pièce ou une autre. Il n'y avait, sur toute la plage, personne d'autre. L'air vif, mes trois pas de course avaient brouillé mes yeux de larmes. Je les ai essuyées du revers de la manche. Le type était petit, trapu, on distinguait quelques cheveux bruns frisés dépassant d'un bonnet de laine rouge. Un instant, j'ai pensé avec effroi : ça n'est pas vrai, on ne peut pas changer autant. J'ai descendu la rampe lentement. En effet, on ne peut pas changer autant : ce n'était pas lui. Je me suis approché, l'homme s'est relevé, m'a regardé. Il avait un peu de barbe, les yeux sombres, le teint vermeil, comme couperosé, ce qui le vieillissait. Non, ce n'était pas lui. J'ai souri bêtement, décontenancé.

« Bonjour ! je cherche Tony, on m'a dit qu'il était par là...

— Oui, il est même ici ! c'est moi », a répondu le gars, d'un ton parfaitement sincère et naturel.

J'ai bafouillé :

« C'est-à-dire, je cherche un autre Tony... »

Ça a fait rire mon marin. Il a plongé son regard vers le fond de la coque du bateau : « Pour l'instant, je suis le seul ! »

« Je me doutais bien que tu devais confondre... », a trompeté Laurence quand, rouge et bredouillant, j'ai rejoint le petit groupe. Elle parle avec Christine, elles semblent se connaître, ou peut-être pas, l'idée ne m'est pas même venue de faire des présentations.

« Tony Wiedermal ! martèle-t-elle sur un ton d'évidence, il n'y a pas quinze jours, je lui ai dit que Patrick t'avait invité, il m'a dit qu'il ne te connaissait pas... tu dois penser à un autre Tony. Attends... qui cela peut-il être ? Tony ? Tony ? C'est amusant, ce prénom ! ce n'est plus du tout à la mode n'est-ce pas ! Tony ? Ça ne me revient pas... il faut dire que tout ça remonte un peu loin ! » Christine est là maintenant, je la regarde à la dérobée, son visage reste merveilleusement souriant et impassible. Je ressens un mélange étrange de frustration de ne pas l'avoir vu, et de soulagement que ce ne fût pas lui. Tout devient encore plus compliqué, tout me paraît encore plus absurde : qu'est-ce que je fous ici ? Je brûle d'interrompre le bavardage de Laurence et de lui poser des questions franches et brutales, il faut qu'elle m'aide à démêler cet écheveau, elle seule le peut. Qui d'autre sinon ? Pour l'instant, la présence d'Erwan m'empêche de parler librement.

Un peu plus tard dans la matinée, nous nous retrouvons enfin à trois, Laurence,

Christine et moi, ça n'a pas été simple. Nous montons une tente, ce n'est pas simple non plus. C'est le seul petit travail que l'on a réussi à obtenir de l'homme à la queue de cheval, il a fallu insister beaucoup. On est aussi peu doués les uns que les autres. Christine est passée par la tente à habits, elle a eu la main plus heureuse que moi, elle porte un tee-shirt « Che Guevara », une jupe longue et des petites tennis rouges, ça lui va bien, toujours son éternel sens du chic, elle vient de prendre trois fripes au hasard, on la croirait sortie d'une boutique du Faubourg-Saint-Honoré. Je la sens un peu froide, un peu distante, je n'ose penser que c'est à cause de Laurence. Dieu sait qu'elle a pu être terrible avec ça, il y a vingt ans. Avec n'importe lequel de mes amis garçons, et pis encore avec mes amants, elle était toute séduction, et avec les filles... Je l'ai dit déjà, les griffes sortaient vite. Mais aujourd'hui ! On s'est retrouvés depuis deux jours, on ne peut pas retomber si vite dans nos anciens travers. Je la regarde en coin. Elle essaie péniblement d'attacher une corde à un piquet. Son visage n'exprime rien d'agressif. Peut-être est-ce moi qui fantasme, peut-être a-t-elle simplement la tête ailleurs. Et comment en vouloir à Laurence ? Elle est déguisée autrement qu'hier, mais je la retrouve telle qu'elle était, vive, chaleureuse, sympathique. Elle se bat avec son maillet et un piquet, mais trouve ça « très amusant » : depuis le temps qu'elle fréquente ce camping, c'est la première fois qu'elle met la main à la toile ! Je ne me souvenais pas qu'elle fût si bavarde. En dix minutes on sait tout d'elle, le collège privé dans lequel elle est documentaliste, le prénom de ses trois enfants, la tête que va faire Alain, son mari, quand il devra enfiler un pull mauve et une veste afghane !

« Ça n'est pas du tout, mais pas du tout son genre. Alain est commercial, alors forcément, il est toujours en cravate.

— Commercial ? chez qui ? » demande Christine, qui retrouve un terrain connu.

« Chez Électroloire ! » répond-elle d'un ton d'évidence. Électroloire ? Elle s'étonne de notre étonnement. « Électroloire ! enfin, c'est la boîte de Patrick ! Tu ne connais pas la boîte de Patrick ?

— Je la connais d'autant moins que depuis hier j'ai l'impression de ne pas connaître Patrick non plus ! »

Son maillet en reste en l'air.

« Qu'est-ce que tu racontes, Basile ? Tu ne connais pas Patrick ? Tu plaisantes, j'espère ! Patrick parle tout le temps de toi, il ne rate jamais une émission de... » Elle cherche le nom, ne trouve pas, s'en excuse, elle ne regarde pas, c'est trop tard.

« Voyons... Patrick, il venait tous les ans, il avait sa tente là – elle est toujours accroupie devant son piquet, du bout du marteau, elle désigne le coin des jeunes à l'entrée –, une tente verte !

Le détail ne m'éclaire guère. Elle cherche à dissiper ce mystère, et, bien sûr, contribue à l'obscurcir.

« Note, Patrick, ado, était discret. Après tout, il est possible que tu l'aies oublié. Il était très timide, on ne le voyait presque pas, il était toujours dans ses bouquins de maths, ou de physique. Note, ça lui a bien servi plus tard ! Sa boîte marche du *feu de Dieu* !

Elle ajoute, avec cette gourmandise retenue de bourgeoise qui dit des gros mots sans les dire vraiment : « On peut dire qu'il s'est fait des c... en or ! d'ailleurs regarde. » Et du marteau, elle désigne l'ensemble des tentes alignées.

L'effet est curieux. C'est la première fois de ma vie qu'on me parle d'une folie de milliardaire en montrant un camping.

Laurence poursuit, avec beaucoup de naturel. C'est un trait psychologique courant, on est parfois si imprégné de la dinguerie de quelqu'un qu'on ne la voit plus comme telle. Sa fête à Juniac, Patrick la voulait. Les Tournesols ont toujours tellement compté pour lui. C'est la raison pour laquelle il a monté son entreprise à Nantes, alors qu'il n'est pas du tout de la région. Puis il y a eu son divorce un peu compliqué.

« Ah ! voilà un point qui va t'éclairer. Tu dois forcément te souvenir de sa femme, enfin son ex-femme, une fille Bencharmi. Non ? Voyons, Robert Bencharmi, un très beau mec, il chantait tout Enrico Macias à la guitare quand il y avait des feux de camp. Non ? Et ses deux filles ? Deux splendeurs, elles tu n'as pas pu les oublier... »

Nous sommes toujours tous les trois occupés à monter cette tente, le moment est important. On l'a attachée au sol, on s'efforce de lui faire prendre forme. Christine et moi sommes à l'extérieur, tâchant d'attraper les piquets que, glissée sous la toile, Laurence essaie de nous tendre. Ce n'est plus une fille qui nous parle, mais une voix couverte d'un gros drap vert et orange, on croirait un fantôme dans une opérette de sous-préfecture :

« Ah non ! je suis bête ! Comment tu pourrais t'en souvenir, la fille Bencharmi qu'a épousée Patrick doit avoir au moins dix ans de moins que nous. Comment pourrais-tu te souvenir d'une gamine qui avait sept ou huit ans quand on en avait dix-huit. Ils ont commencé à sortir ensemble bien plus tard. Lui avait au moins trente ans. Et il venait toujours en vacances ici, c'est marrant non ? Moi aussi note, mais j'ai la maison... »

On voit sa petite tête réapparaître à la porte de la tente, dressée maintenant. Elle jette un regard vers l'entrée pour vérifier que personne n'a pu entendre et baisse la voix, à tout hasard : « Quelle catastrophe, ce mariage ! Ils ont commencé à sortir ensemble ici. Lui avait déjà du fric, une belle bagnole, la prestance du mec plus vieux, pour une gamine de dix-neuf ans, ça compte. C'était l'été, elle a joué à être amoureuse. Six mois plus tard, ils étaient mariés. Deux ans après, ça tournait déjà au vinaigre. Ils auront quand même tenu près de dix ans. Puis lui a eu des ennuis de santé... des ennuis, enfin graves... elle n'a pas supporté... ça a été affreux. Enfin n'en parlons plus, le divorce a été tellement atroce, elle lui a tout fait... elle l'a accusé... avec les enfants... »

Elle a replongé sous la toile. On n'entend plus qu'un long soupir. Laurence parle à l'ancienne, elle met des points de suspension au bout de toutes ses phrases pour ne pas dire ce qui ne se dit pas. Le procédé me rappelle les conversations de ma mère avec ses copines il y a trente ans. De quels ennuis de santé, de quelles accusations parle-t-on ? Je ne tiens guère à le savoir. On le devine, ça fait peine. Des anges mauvais volettent dans l'air. Laurence est ressortie. Elle rit, se recoiffe, poursuit.

« Enfin tout ça est loin, il y a bien trois ou quatre ans que tout est terminé. D'elle on n'a plus aucune nouvelle. Patrick a remonté la pente un peu à la fois en se jetant dans le boulot, comme toujours. On a tous été tellement contents quand il a parlé de cette fête, même si le prétexte était un peu flou. Officiellement c'est pour les trente ans de vos premières vacances ici. Moi, je n'ai pas vérifié, tu comprends nous on vient depuis 1880 ! C'est un peu aussi pour son anniversaire, mais il ne faut pas le dire... ! Vous n'êtes pas au courant, je suppose. »

Comment le serait-on ?

« Vraiment, Patrick est un type super, mais il faut le reconnaître, il est parfois un peu bizarre. Par exemple pour cette histoire d'anniversaire. On l'a découvert par hasard, c'est un type du personnel qui a vu sa date de naissance sur un papier et en a parlé à Alain. Mais moi j'étais persuadée que c'était en août, vous savez pourquoi ? Parce que tous les ans, quand on avait dix-sept ou dix-huit ans, vers la fin août, il me disait : viens je te paye un pot, tu ne peux pas refuser c'est mon anniversaire. C'est le moyen qu'il avait trouvé pour m'emmener au café, c'est marrant non ? »

J'ai lâché brutalement le bout de piquet que péniblement j'essayais de stabiliser depuis cinq minutes, je lui ai d'abord fait répéter comme un fou : « Au mois d'août, tu dis ? Il venait au mois d'août ! » Puis j'ai hurlé, secoué par un mélange d'effarement et de triomphe d'avoir eu raison depuis le début : « Tu vois bien que je ne peux pas le connaître ! J'étais juillettiste ! J'ai toujours été juillettiste tu m'entends ! enfin, tu le sais bien ! »

Je suppose que cette distinction paraîtra obscure à beaucoup. Aux Tournesols, elle était fondamentale. Sans doute cela tenait-il au règlement qui imposait que les séjours n'excèdent pas quatre semaines. L'été était irrémédiablement coupé en deux mondes, celui des juillettistes, et celui des aoûtiens, aussi étanches l'un à l'autre que les deux Allemagnes. Tous les ans, en août, j'allais rejoindre ma sœur pour faire de l'anglais en Grande-Bretagne, ou j'allais camper ailleurs, ou je retournais à Mer-sur-Mer, mais jamais je ne passais le mois à Juniac. C'était ainsi. Les aoûtiens, je n'en connaissais pas, tout juste savais-je qu'ils étaient « vachement moins sympa » ou « supercoincés », comme eux devaient le dire des juillettistes. Laurence seule était là tout le temps, à cause de la maison. Qu'elle se soit égarée dans ses souvenirs pouvait se comprendre : qu'est-ce qu'un mois signifiait plutôt qu'un autre deux décennies plus tard ? J'essayai de lui dire, en prenant à témoin Christine, un peu dépassée par ces notions curieuses :

« Quand je vous l'affirmais, que je n'avais jamais vu ce type ! Je ne suis pas fou, tout de même ! »

Laurence était dépitée, cela se voyait. Elle ne cherchait pas à me contredire, elle répétait : « Toi... en juillet ? ah bon ? Tu crois vraiment, en tout cas Patrick au mois d'août, c'est sûr, tu penses, cette histoire d'anniversaire m'a marquée. » Et elle en éprouvait de la peine pour lui : « Oh, là, là, qu'est-ce que vous allez faire ? Tu ne vas pas lui dire quand même ! Il est si fragile. Il se faisait une telle joie de t'avoir, de nous avoir tous... Véro, Jipé, la bande. »

Et quelle importance pour moi ? Ces Véro et ces Jipé seraient comme le Tony de la plage, ce ne serait pas les miens.

Qu'est-ce qu'on allait faire ? Là maintenant, avec cette putain de tente qu'on n'arrivait pas à monter, mon shetland vert et mes sabots suédois, je n'en savais rien. Il fallait prendre une décision énergique et s'y tenir. Je marmonnai, furieux : « C'est dingue cette histoire. J'en étais sûr ! j'en étais sûr ! » Je ressentais un profond sentiment de colère, l'idée que volontairement ou non, l'on s'était joué de moi.

À ce moment, on entendit une voiture. Patrick en descendit. Il claqua la porte et jeta vers nous un regard sombre. Erwan accourait vers lui, en ouvrant les bras et en levant les mains, comme pour s'excuser. Il fit claquer la phrase avec sécheresse : « J'avais demandé que personne ne s'occupe de rien. » Laurence comprit, elle laissa tomber le maillet sur l'herbe, pressa le pas vers lui en criant : « Laisse, Pat, c'est nous qui avons demandé, ça nous amuse. » Elle se retourna vers moi, et chuchota d'une voix pressée, craintive : « Ne lui parle de rien pour l'instant, je t'en prie, il est trop fragile... » Qu'est-ce qui l'inquiétait tant ? L'être délicat dont il ne fallait pas démolir le rêve ? Le patron de son mari qu'il ne fallait pas vexer ? À tout hasard, Christine et moi, spontanément, sourîmes. Il marcha vers nous. Sa dureté s'était envolée. Il sourit aussi. Il portait le même anorak râpé que la veille, le même pull à col roulé. Cet homme-là devait être un grand malade mental.

11.

— Qu'est-ce qu'il fait chaud ! On arrive bientôt ? Tu m'as dit qu'on faisait un détour par ta Bretagne, mais je croyais qu'il pleuvait tout le temps, dans ce pays. Tout ce soleil, quelle horreur ! L'année prochaine, je te le dis, on va dans la Ruhr ! »

Juillet 83 dans la petite auto orange. L'humeur de Christine se détériore. Elle passe sa tête par la fenêtre pour se donner de l'air, se tamponne le visage avec un mouchoir mouillé d'eau, se soulève du siège que la chaleur rend collant. Mais aussi, Christine, a-t-on idée de mettre une petite robe noire qui moule les hanches pour faire de la voiture par un temps pareil ? Seulement, elle rentre de Londres une fois de plus et il serait dommage qu'elle ne porte pas toutes ces merveilles qu'elle s'est achetées. Et puis elle a horreur du soleil, rien n'est plus vulgaire pour elle que cet astre brûlant qui fait ressembler les femmes à de vieilles glaces au chocolat et voudrait creuser des rides qu'elle n'a pas encore sur sa belle peau blanche. Je l'ai dit, cette fille avait un sens aigu de la mode. Sur ce point, elle la précédait même de beaucoup. Je l'aime bien, moi, ce soleil d'il y a vingt ans, il me renvoie soudain cet été-là dans toute sa lumière. Cet été-là. Pourquoi l'ai-je si longtemps laissé dans l'ombre de ma mémoire ?

Nous étions partis pour quelque part, sans savoir vraiment où nous allions, comme souvent. Sur le chemin, j'avais donc insisté pour que l'on fasse étape quelques jours à Juniac. Christine n'avait pas dit non, les vacances étaient longues, alors. Nous avions bien le temps de nous perdre en route. Je voulais lui montrer ce camping dont je lui avais tant parlé et j'étais content d'y retourner moi-même avec ce mélange de nostalgie, de curiosité, et cette fierté honteuse d'y arriver au bras d'une fille. Le village, la route bordée de pins, la baraque à frites face à l'entrée, les cris joyeux de tante Solange sur qui l'on tomba n'avaient pas changé. Le reste oui. Je n'étais pas venu ici depuis deux ou trois saisons. À cet âge-là, cela vaut un siècle. Alors que nous montions la tente, une copine des années d'avant est venue nous saluer. Elle avait un enfant dans les bras. J'ai dit en riant : « Encore un petit frère ! Ils ont du courage, tes parents.

— Ah non ! Sauf erreur, celui-là, c'est le mien ! » a-t-elle répondu en riant plus encore.

Qui était là, à l'ombre des dériveurs ? Qui n'y était pas ? Le détail ne comptait plus beaucoup. Une époque touchait à sa fin. Toute la bande avait vieilli, le bac lui-même paraissait loin, certains étaient déjà entrés dans le monde du travail, ceux qui allaient en fac étaient probablement occupés ailleurs à un job d'été, un stage quelque part, un voyage, la Grèce en stop, le Pérou avec un sac à dos. Ceux qui passaient encore le mois aux Tournesols faisaient figure en somme d'adolescents attardés.

L'après-midi, nous sommes allés à la plage et tout naturellement nous nous sommes assis sur le sable, devant tante Solange, trônant sur son pliant, entourée des pelotes de laine de son tricot et de ses éternelles copines. À ce détail aussi, on mesurait à quel point les temps avaient changé. J'ai toujours adoré tante Solange, ma mère et leurs copines, seulement à quinze ans, il aurait fallu menacer de me pendre pour que j'accepte de m'asseoir plus de cinq minutes à côté d'elles – c'était un coup à se faire chambrer par *les autres* tout le restant de l'après-midi. Cette fois, à la plage, les jeux étaient inversés, désormais c'étaient *les autres* dont on avait presque honte.

Le lendemain, nous nous sommes promenés au village. C'est elle qui l'y vit. Nous buvions un verre en terrasse, sur la place, dans un café qui n'était ni l'Ami, ni l'Escale, un autre bar, décidément rien n'était tout à fait pareil. Je lisais *Libé*. Elle s'était absentée pour faire le tour du lieu. Elle revint s'asseoir auprès de moi en me demandant si je n'avais pas besoin de matériel de bateau. Drôle de question. Du matériel de quoi ? « Va toujours voir au magasin, on ne sait jamais. »

Elle avait cet œil plissé, rieur et insistant qui voulait dire « sexe, drague, séduction ». Notre code était simple. Elle n'avait pas de mal à connaître mes goûts en matière de garçons. Elle partageait les mêmes. La seule question qui nous préoccupait alors c'était : « Tu crois qu'il est pour moi ou pour toi ? » Vaste débat, ces choses sont-elles jamais si nettes ? Il nous permettait de conjecturer des heures sur des détails qui ne prouvaient pas grand-chose (« Excuse-moi, il avait quand même un petit diamant dans l'oreille ! – Et après ? tout le monde en a, même ce joueur de tennis, comment s'appelle-t-il, l'Argentin..., non le Paraguayen. Tu ne vas pas me dire qu'il est homo celui-là, je l'ai vu dans *Paris Match* Avec une fille – avec une fille dans *Match* ! tu appelles ça une preuve ! »), des après-midi d'arguties byzantines à propos de garçons croisés cinq minutes à une terrasse de café, et qu'on ne reverrait jamais, bien entendu.

Je n'avais pas remarqué, de l'autre côté de la place, ce magasin d'accastillage. Un gros moteur de bateau était posé sur le trottoir, devant la vitrine, un vendeur était penché sur le moteur.

Je ne sais plus dans quel film de Truffaut l'on entend Daniel Ceccaldi, croisant par hasard le personnage interprété par Jean-Pierre Léaud, s'exclamer de façon irrésistible : « Antoine ! Ça par exemple ! »

Je me suis campé sur le trottoir, et j'ai fait ce que j'ai pu pour imiter l'acteur : « Tony ! Ça par exemple.

— Tiens ! un revenant ! » a-t-il répondu plus platement, il ne devait pas avoir vu le film.

J'ai compris pourquoi Christine l'avait repéré. Ses trois ou quatre années de plus lui allaient bien. Il était encore plus bronzé, plus blond, plus éclatant que dans mon souvenir. Il portait sa blouse bleue de vendeur ouverte sur un tee-shirt blanc qui dessinait ses pectoraux. Je ne peux pas imaginer qu'aucun magasin d'accastillage ait jamais connu meilleur argument de vente.

« Alors, tu le trouves comment le vendeur de bateau ?
— Mais c'est Tony !
— Tony ?
— Enfin Christine, Tony ! le type dont j'étais dingue, je t'ai bassinée avec cette histoire pendant des mois...
— Oui, bon d'accord. Et il y en a eu combien depuis ? S'il fallait que je m'y retrouve dans toutes tes histoires... »

Ainsi fonctionnions-nous. J'étais bavard et anxieux, j'avais sans cesse besoin de lui raconter dans le détail mes foucades, mes liaisons, mes chagrins. Je ne sais trop pourquoi elle acceptait ces interminables confidences. Par amitié pour moi ? Parce qu'elle éprouvait à mon égard un sentiment plus ambigu et plus fort que de l'amitié ? Ou tout simplement parce qu'elle avait du goût pour les histoires entre garçons ? Je réalise aujourd'hui qu'elle ne me dévoilait pas grand-chose d'elle en retour, comme s'il était entendu que ce rôle de mère, de vestale aimante toujours prête à écouter, à consoler ou à moquer bien sûr – il n'est pas interdit aux vestales d'avoir de l'humour – la comblait. J'étais beaucoup trop préoccupé de moi-même, alors, pour m'encombrer de psychologie.

« Tony, tu sais, le type qui allait toujours à la plage là-bas, je t'en ai parlé vingt fois... » Je m'apprête à lui refaire le récit de mes aventures. Aujourd'hui, elle n'a pas envie d'entendre.

« D'accord, mais là, maintenant, on fait quoi ?

— Je ne sais pas, Chris... Qu'est-ce que tu veux dire ?

— Basou ! Je veux dire que tu vas te lever et aller lui dire qu'on l'attend pour manger un morceau avec lui. Il a bien une pause, non ? Tu n'as qu'à lui dire que tu veux absolument lui présenter ta copine ! »

La vestale était en grande forme.

Elle le fut pendant tout le repas. J'ai aimé la façon dont grâce à elle, dès ce nouveau départ, le rapport de force avec Tony fut modifié. Trois ans plus tôt, j'étais le petit plouc du camping amoureux de ce type si beau, si sportif, si bourgeois, si supérieur, en somme – tout au moins était-ce ainsi que je me représentais les choses. Soudain, je devenais le copain de cette fille drôle et chic, qui racontait Londres, les boîtes, les nuits, les groupes en vogue, les gens dans le coup, et n'hésitait pas à me valoriser au passage en en rajoutant un peu sur le récit de nos frasques supposées : « Tu aurais vu Basile, à cinq heures du mat ! dé-chaî-né ! » En général dès onze heures du soir, dans n'importe quelle boîte, je m'assoupissais sur un fauteuil dans un coin sombre ou, mieux encore, je m'endormais au vestiaire, mais peu importe. Tony semblait captivé. Il ne racontait pas grand-chose de lui-même, c'était là son tempérament, taiseux, timide peut-être. Mais il ponctuait le récit de Christine de petits mots admiratifs, « sans blague ! », « vraiment », en mangeant son tartare de bon appétit, souriait sans cesse, riait de bon cœur à nos plaisanteries. Je le sentais plus qu'intéressé, conquis.

C'est peu dire que nous l'avons vu beaucoup durant ces quelques jours. Nous n'avons vu que lui. Il avait trouvé ce poste de vendeur pour l'été. Juniac était commode, il pouvait loger chez son oncle, dans cette vieille villa autour de laquelle j'allais rôder naguère, non loin de la Marquise. De ce côté-là du village, les choses avaient changé également. Les fiancées à serre-tête qui hier me tétanisaient de jalousie étaient parties sans doute chercher des maris sous d'autres cieux. Les gommeux trop bronzés, trop arrogants, qui faisaient barrage avaient été remplacés par leurs petits frères qu'on ne songeait même pas à regarder. Il était à nous.

On allait le chercher à la boutique à la pause de midi, on l'y retrouvait le soir pour aller manger à la crêperie, ou pousser jusqu'au Havenau, y jouir de notre tout nouveau statut : nous étions grands désormais. Jadis, du temps que nous étions enfants, le Havenau se pratiquait l'après-midi, entre papa et maman, ou tante Solange et l'oncle Roger, selon l'immuable rituel qui règle l'ennui dans les stations balnéaires chic : descente de la rue centrale en léchant des vitrines pleines de choses trop chères, remontée de la rue centrale en léchant des glaces pleines de choses trop sucrées. Naguère, à l'adolescence, on y déboulait en bande, comprimés dans des voitures trop petites, pour arpenter la même rue en riant bêtement d'autres nous-mêmes qu'on prenait pour des bourgeois, tout heureux de faire des choses folles et subversives, comme boire des *perroquets* à la paille à la terrasse de la brasserie du Casino et voler des cartes postales.

Cette fois, à trois, nous y paradions en princes. Ils sont si élégants, dans mon souvenir, les blousons de toile beige de Tony et les escarpins anglais de Christine. Elle avait l'exquise délicatesse de jouer la fille, et la jouait à la perfection : dès le haut de l'avenue De Gaulle, elle poussait des petits piaillements devant toutes les boutiques : « Regardez ces petits hauts ! Est-ce qu'ils ne sont pas trop chous ? » Cela permettait à l'un ou à l'autre d'entre nous, chacun à son tour, de faire le garçon, de froncer le sourcil, pour râler comme il faut, les mains dans les poches : « C'est pas vrai, on va *encore* se taper les vitrines. » Puis, tourné vers l'autre, le *sacrifié* du jour : « Ah non ! Ça me gave trop, moi je vous attends au Bar am'. »

Le Bar américain, lumière tamisée, coussin de velours rouge, piano d'ambiance, clientèle *super classe*, comme on disait alors, et des cocktails multicolores servis dans des verres grands comme des vases, la quintessence du chic à mes yeux. Qu'est-il devenu aujourd'hui ? Une pizza Pino ? Un institut de bronzage ? Ou pire encore, peut-être est-il toujours le même, et il faut y boire beaucoup pour oublier aujourd'hui que ce qui vous semblait à vingt ans le sommet de la distinction, c'est un pianiste qui joue faux, des mélanges de mauvais alcools noyés dans des sirops bon marché, et, à la table voisine, un représentant de commerce quinquagénaire bourré qui rêvait de tirer son coup et qui essaie de ne pas s'endormir en écoutant la gérante du magasin Afflelou lui raconter son divorce.

Au retour, on raccompagnait Tony à la villa de son oncle, pour parler encore pendant des heures dans la voiture, incapables de se quitter et infichus de passer à autre chose. Nous étions toujours à trois, un Jules et un Jim des années quatre-vingt, entourant une Jeanne aussi rieuse, aussi sexy, aussi solaire que l'originale. Simplement, cette fois-ci, Jim aurait tant aimé que Jeanne s'évanouisse par magie de temps en temps pour le laisser reprendre le chemin des marais, avec Jules, comme il le faisait naguère. Elle en avait décidé autrement. Cela me coûte de l'avouer, Jules semblait y trouver son compte.

Tony était-il, est-il homo ? Je n'en sais rien. Personne ne posait les choses ainsi, alors. J'entends ici et là, aujourd'hui, que telle fille, tel garçon de dix-sept ou dix-huit ans a fait son *coming out* auprès de ses parents, de ses copains et que « cela s'est bien passé ». Pour la plupart d'entre nous, il y a vingt ans, c'était impensable. Seuls quelques héros étaient capables d'une action aussi courageuse. Les autres, comme moi, se contentaient de sur-fer sur les vaguelettes de ce qu'autorisait l'époque : on ne s'affirmait pas homosexuel – c'était trop terrifiant, trop définitif – on osait : « Ouais, j'ai déjà eu une expérience, il faut tout essayer non ? » Alors là d'accord, c'était non seulement permis, mais recommandé. Rien n'était plus chic que d'avoir des *expériences*. Selon les conventions en usage, ce mot vague et excitant recouvrait soit la drogue, soit le sexe. La drogue n'a jamais été mon truc, on ne peut pas s'intéresser à tout. « Tu crois qu'il est homo, machin ? Non, non ! tu penses ! Il paraît juste qu'il a eu des *expériences*. » Tout de suite, l'affaire était moins grave : on ne parlait plus d'un drôle d'être à part, mais d'un type *cool*.

Tony semblait trouver son compte dans notre tout nouveau couple à trois, mais je ne crois pas qu'il regrettait ses *expériences* avec moi. J'étais ravagé pour lui d'un désir intense. Ma pente naturelle me pousse peu à la morti-fication et aux amours impossibles : quand je désire à ce point, je n'imagine pas une minute que ce sentiment ne soit réciproque. Appelons ça une défense. Dans ma tête à moi, il était évident qu'il avait autant envie de coucher avec moi que moi avec lui, simplement il était un peu *coincé*, voilà tout, et la présence de Christine le rassurait à l'égard des autres. Point.

Il était détendu, si visiblement heureux de nous retrouver quand on allait le chercher le soir au magasin. Serais-je allé le chercher seul deux jours de suite, je suis certain qu'il se serait fermé comme une huître, qu'il m'aurait imposé je ne sais quel détour pour qu'on ne me voie pas, il aurait craint le regard des gens, ou celui du patron, un type buriné et moustachu que je n'ai jamais pourtant entendu proféré un mot. Que pouvait-il bien se dire d'ailleurs, en voyant chaque midi et chaque soir de cette petite semaine son intérimaire partir au bras d'une fille qui donnait l'autre à un deuxième garçon? On s'en fichait. On se sentait beaux, on se sentait forts, on se sentait *chic*.

Le patron à moustache joua finalement son rôle dans l'histoire. Je ne pense pas qu'il le sut jamais. Il envoya Jean-Antoine en mission, chercher à Deauville un bateau qu'il fallait ramener ensuite en Bretagne.

À Deauville? Il nous suffit d'un regard, à Christine et moi, pour avoir la même idée. À Deauville? Ça tombait bien! On partait justement le lendemain pour le Sud, c'était tout à fait notre chemin, on allait le déposer. Je rappelle que Juniac se trouve à côté de Nantes. Ce périple est le *road movie* de ma jeunesse. Il a duré trois jours et demi.

Pour aller de Bretagne en Normandie, même pour quelqu'un qui conduit aussi mal que moi, même à une époque où les autoroutes dans ces régions étaient quasi inexistantes, cela fait beaucoup. On avait si peu envie d'arriver. Qui lisait la carte ? Je ne me le rappelle plus, mais il ou elle était très doué pour la lire très mal. Il faut avoir du talent pour se perdre autant. On avait la tente. La première nuit, on la passa au camping, tassés à trois dans une canadienne déjà juste pour deux, coincés dans tous les sens du mot, tétanisés, incapables de faire un geste, Christine était la plus petite, elle s'était mise au milieu. L'expérience n'eut rien d'érotique, on dormit très mal, c'est tout. Pour le deuxième jour, on opta pour l'hôtel, dans une petite ville vieillotte et jolie. Je me rappelle l'arrivée. « Vous voulez deux chambres ? » demanda l'hôtelier en nous voyant entrer de front. « Non, une seule. Une grande ! » répondit Christine de son plus beau sourire – la classe.

Comme toutes les chambres pour trois, elle comportait un grand lit et un autre, à une place. Tony entra le premier dans la pièce. Il posa d'autorité son sac sur le petit lit. On alla dîner, je commandai du vin, en recommandai, en resservis beaucoup. On revint à l'hôtel un peu faits. Christine eut la délicatesse de s'endormir vite. Je glissai du grand lit dans l'autre. Sans dire un mot, il m'y fit de la place.

Au matin, j'y étais seul. J'ouvris les yeux en tâchant de me souvenir de l'endroit où l'on était. Tony était dans le grand lit, endormi sur le ventre. Seul aussi. Il faisait chaud, sans doute, les draps avaient glissé, je revois sa peau de velours, sa peau nue de blond dorée par l'été ; les persiennes filtraient la belle lumière du matin sur ses épaules rondes de boxeur. Un bruit d'eau. Je tournai brusquement la tête. Christine était dans la salle de bains. Elle n'a pas fait de commentaire. Moi non plus.

Le lendemain, nous fîmes étape chez une de ses cousines à elle qui avait une ferme, vers Alençon. On y est arrivés en début d'après-midi, les étapes étaient courtes. J'ai longtemps gardé des photos de nous trois posant sur un tracteur, Tony au volant, Christine et moi en équilibre sur les énormes garde-boue des roues avant, en fausses pin-up des années cinquante. Je les ai cherchées, où sont-elles ? Perdues dans un déménagement, sans doute. Je ne prends pas garde aux souvenirs. J'ai oublié aussi à quoi ressemblait la cousine fermière. Je me rappelle très bien, en revanche, qu'elle avait dit à Christine, d'un ton un peu gêné : « Écoute, je ne veux pas savoir lequel est ton fiancé, cela ne me regarde pas. Je vais mettre les deux garçons ensemble dans la chambre du haut, toi tu dormiras en dessous, ce sera plus convenable. » On en avait ri, surtout moi. Quelle veine ! Tony avait protesté comme il le faisait souvent, avec des plaisanteries de chambrée : « Chris, si tu m'enfermes avec cet obsédé, passe-moi ton slip en fer ! T'en as bien un non ? Vous venez de passer un mois ensemble » C'était une manière de poser publiquement son innocence dans cette affaire, c'était moi le tentateur, le suborneur. Je ne relevai pas, tout ce qui m'importait, c'est qu'après, il se laisse faire. Non, je retire ce verbe, il n'est pas juste. Tony ne s'est jamais « laissé faire ». Il a toujours fait ce dont il avait envie : d'abord me rembarrer, me repousser, parfois en riant, parfois en ne riant plus : « Arrête, fiche-moi la paix. » J'insistais, je gémissais, je suppliais. Non ! non ! Son refus était définitif. Dix minutes plus tard, il se glissait à côté de moi puis se déchaînait. Ça me rendait fou. Vingt ans après, je le suis toujours autant.

Rappelle-toi

Nous avons fait l'amour dans la chambre du haut, une chambre mansardée, je sens encore l'odeur de sa peau, je sens encore le chatouillis que faisait sur ma paume ses cheveux courts, quand je les caressais à rebrousse-poil. « Chassant les rêves de la nuit, au jour naissant il s'est enfui. » On chante ça dans une belle chanson de marin. Tony n'était que vendeur saisonnier dans un magasin de bateaux. Au petit matin, je l'ai entendu quitter la chambre à pas de loup. J'ai cru prosaïquement qu'il allait pisser.

Je me suis levé le dernier, tard sans doute. Quand je suis descendu, Christine écossait des petits pois ou équeutait des haricots avec la cousine, sous la tonnelle. J'ai déjeuné dans l'odeur de frais des légumes qu'on épluche. Tony était parti courir, on l'aperçut à un moment, petit point sautillant sur l'horizon d'un champ de blé.

De faire revivre aujourd'hui tout ce passé me plonge dans un état de mélancolie dont je me méfie si fort, à l'ordinaire. Je n'aime guère la mélancolie, cet opium de vieux. Je vois bien où elle m'entraîne. Elle essaie de me faire croire que ces jours étaient les plus beaux de mes jours. Je déteste ces bêtises larmoyantes, les plus beaux de nos jours sont toujours devant nous. Je ne sais pas si c'est vrai, en tout cas, il faut l'espérer par principe. Voilà la vie, tout le reste est la mort. Disons alors qu'aujourd'hui je me sens mourir un peu.

On a laissé Tony à la gare de Lisieux. Il tenait absolument à faire croire à ceux qui devaient le chercher à la gare de Trouville qu'il venait de Paris en train. Tristesse de cette gare de Lisieux, tristesse de ce morne buffet, tristesse de cette horrible basilique qui vous surplombe et vous écrase de son dolorisme en béton. Et il ne pleuvait même pas. Sous le soleil, les adieux sont encore pires. On a essayé de déguiser notre chagrin en blaguant. On ne sait pas se dire les choses autrement, à vingt ans. Tony était penché à la vitre, à l'époque, les fenêtres s'ouvraient dans les trains. On jouait au départ pour le service, ça aussi, ça existait encore. Sur le quai, je beuglais : « Tu t'es gouré de train, l'Allemagne c'est de l'autre côté ! » Christine agitait un mouchoir en criant : « Et surtout, demande-leur ! Pas trop courts les cheveux ! » Puis nous sommes repartis tous les deux, vers notre fameux Sud, enfin. Pendant cent kilomètres, il a flotté du plomb fondu dans l'habitacle, on n'a pas eu le courage de se dire un mot. À un moment donné est sortie de la radio la voix sinistre de Léo Ferré chantant : « Avec le

temps, avec le temps, va, tout s'en va. »
C'était *too much* comme on ne disait pas
encore. « Pitié ! pas ça en plus ! » a hurlé
Christine. On a explosé de rire. On avait une
tente pour deux dans le coffre. On avait à nouveau une envie de s'amuser pour quatre.

12.

Il faut être disponible pour comprendre ce que les autres ont à nous dire. On ne l'est pas toujours. Ce vendredi d'avril, dans mon vieux camping désert, me furent données une à une bien des clés du mystère Legoff et je n'ai pas réussi à comprendre quelles portes elles ouvraient. J'étais trop barré, trop perdu dans les sentiments négatifs qui m'avaient envahi. La colère ravageuse, d'abord, que je sentais bouillir au fond de moi. Erwan et Patrick s'étaient éloignés rapidement, on les voyait s'affairer sous l'auvent de la caravane, de l'autre côté du camp. Laurence, Christine et moi nous étions remis au montage de la tente, qui n'en finissait plus : après vingt ans, ce n'est pas si simple de s'y remettre. Avec mon maillet en caoutchouc, je tapais comme un sourd sur de pauvres piquets comme s'ils pouvaient absorber mon exaspération, et si je ne hurlais pas, c'est simplement que j'avais trop peur que l'on m'entende de l'autre côté du camp : « Je venais en juillet, Laurence ! en juillet ! J'étais sûr que je ne connaissais pas ce type. Je ne suis pas dingue, tout de même... » Et Laurence, en chuchotant plus encore, se perdait dans ses explications, sur un drôle de ton d'excuse, comme si elle avait à s'excuser de quoi que ce soit : « Et comment veux-tu que je me souvienne qui venait en juillet, en août ou à la Trinité, mon pauvre Basile ? C'est si loin tout ça. En plus je m'y perds, il me les a tellement fait raconter les vacances... ! Déjà à l'époque, tu sais. Lui il ne sortait presque jamais, mais il fallait toujours lui rapporter ce qu'on avait fait, qui sortait avec qui, où on allait, qui était venu en juillet, ce qu'on avait fait... Et après ! Quand il a monté Électroloire et qu'il est revenu s'installer dans la région, on l'a beaucoup revu, forcément, puisqu'il a embauché Alain. Et puis, il a eu ses... enfin ses problèmes dont je vous ai parlé, ça l'a repris encore plus fort. Toi, forcément. Comme il te voit à la télé, c'est plus facile, il demandait toujours des histoires à ton propos, mais je ne pouvais pas savoir qu'il ne te connaissait pas. Et puis il n'y a pas que toi, il veut des détails sur toute le bande ! Et Jipé, il sortait avec qui en 78 ? Et machin, c'est l'année du bac qu'il s'était cassé une jambe ?

Alors je raconte, je brode et, au bout d'un moment, je mélange tout. »

Un autre sentiment me gagnait, moins glorieux encore : je ne me sentais pas rassuré. C'était excessif, sans doute. Assis au loin sous l'auvent de la caravane, un crayon à la main, penché sur un cahier, occupé à je ne sais quelle vérification, tel que je le voyais, Patrick n'avait rien de terrifiant. Seulement ce que venait de raconter Laurence me confortait dans mon idée fixe que ce type avait la tête à l'envers : il s'était donc embarqué dans l'organisation si minutieuse d'une fête qui allait commémorer des événements dont il ne se souvenait même pas. Je ne sais pas si le cas est répertorié dans les annales de psychiatrie, mais, assurément, il en relève.

Laurence, avec ça, essayait de détendre l'atmosphère en répétant toujours les mêmes choses : « ... C'est vrai, il est *particulier*. Organiser tout cela, pour des gens qu'il n'a pas revus depuis vingt ans ! Enfin s'il les a vus ! C'est sûr, c'est *particulier* mais je vous assure, il n'est pas méchant, pas méchant du tout..., il est un peu fragile, c'est tout... » Rien n'est plus effrayant dans les moments pénibles que les phrases rassurantes. D'anciens faits divers me revenaient à l'esprit, des histoires de types « tellement doux » qu'on retrouvait aux assises parce qu'ils avaient assassiné cinq personnes à coups de couteau de boucher. Dans ce camping, comme stocks d'armes de poing, le psychopathe ne disposait que de sardines et de marteaux en caoutchouc. Qui sait de quoi un malade est capable avec des trucs pareils ?

On a vu Erwan agiter les bras depuis la caravane. Le déjeuner était prêt. Laurence sauta sur le prétexte pour filer – déjà midi et demi, mon Dieu ! et sa mère qui l'attendait de l'autre côté de la route. Elle s'éloigna en faisant de loin des petits signes de la main à Patrick : « À tout à l'heure, je reviens ! » tout en nous répétant à mi-voix ses conseils absurdes : « ... Vous en prie ! faites semblant de rien... blant de rien... il est tellement fragile. » Une seule idée m'obsédait : quitter cet univers de malades. Et comment ? J'en devenais fou moi aussi. Je me baissai pour enlever un caillou qui s'était glissé dans mon sabot – saloperie de sabot, j'avais oublié comme c'était inconfortable – et je grognai en direction de Christine :

« Je te l'avais dit, il est complètement timbré ! Putain ! Je donnerais n'importe quoi pour me tirer de ce camping de merde ! »

160

Il me semble qu'elle avait l'air désolé :
« C'est vrai, tu veux partir ?

— Christine ! Je disais ça comme ça ! On est coincés par ce dingue ! De toute façon, comment veux-tu qu'on se tire ! On fait cinquante bornes à pied pour tomber sur une gare ?

— Allons ! On va trouver une solution. Allons ! Tu sais bien qu'on trouve toujours des solutions ! »

Éternelle Christine, elle retrouvait les accents avec lesquels elle me calmait quand je perdais mes nerfs à propos de n'importe quelle petite avanie de voyage, un pneu crevé, un train en retard, une porte de restaurant fermée trop tôt. Il m'en fallait déjà peu.

Devant l'auvent avait été posée sur l'herbe une énorme cocotte-minute qui soufflait sa vapeur – on fait comme ça dans les campings. On mangerait des artichauts, l'odeur devait se sentir jusqu'à l'église de Juniac.

Nous nous retrouvâmes donc à cinq. Disons à quatre et demi, Erwan était toujours debout, pour débarrasser un plat, apporter une assiette, repartir au bloc ou en revenir, il ne passa pas cinq minutes assis sur son pliant. Tony, *l'autre* Tony, celui du bateau, nous avait rejoints, il ne dit pas un mot du repas. Christine et moi guère plus d'ailleurs. Elle fonctionnait sur son mode habituel, doux sourire sur bouche cousue. J'étais trop préoccupé par l'idée de me tirer de ce piège pour réussir à entrer dans une conversation. C'est dommage, Patrick était en pleine forme, ça le rendait assez fascinant. Entre les énormes bouchées qu'il engouffrait à la suite – on aurait cru qu'il avalait les artichauts en entier, il en mangea au moins trois –, il avait entrepris de raconter à Christine les meilleurs souvenirs de nos nombreuses vacances communes. Tout y passa, l'année où on était partis en voilier jusqu'au Groadec, les parties de pêche aux coques, le jour – il en était secoué d'hilarité, il en faisait trembler sur sa base son siège pliant –, le jour où l'on avait collé un hérisson dans le sac de couchage d'un dénommé Jean-Luc, un de nos meilleurs amis d'enfance, dont, évidemment, je n'avais jamais entendu parler. Il me prenait à témoin : « Tu te souviens ? » Plusieurs fois, j'eus la tentation d'exploser, de hurler la vérité, de le ramener dans le réel – enfin ! nous ne nous étions jamais vus, ja-mais ! – et lâchement, en reposant sur le bord de l'assiette une maigre feuille mastiquée pendant cinq minutes, je finissais par grogner quelque chose de vague : « Oui, enfin... pas très bien... c'est loin, tu sais !... tu as une mémoire ! ! » Une fois, à propos de je ne sais qui, pour varier un peu mon rôle, j'osai : « Ah non ! là, tu dois confondre. » À ma grande stupéfaction, il lâcha prise immédiatement : « Bien sûr ! je suis bête ! bien sûr je confonds avec... avec, comment, ce type qui te ressemblait... mais si, avec des grandes oreilles un peu ridicules comme les tiennes, voyons... » Non ça ne lui revenait pas, il repassa à d'autres.

Un peu plus tard, au moment du café, son ton de voix changea. Tout à l'heure, en version « vieux pote », il était rigolard. Maintenant, on le sentait, comment dire ? ému ? envieux ? les deux peut-être ? : « Et puis... – il laissa planer la phrase – ... et puis, vous étiez un beau couple... ah si franchement !... » Il me regardait. J'ouvris des yeux interrogateurs. Un couple ? « Je me souviens, le jour où vous êtes partis en boîte au Havenau, Laurence avait une petite robe rayée, tu avais une veste de velours vert ! Je la revois d'ici. » J'en eus le souffle coupé. Je portais, ces années-là, une veste de velours vert pomme, je l'avais achetée à Londres lors d'un mois d'août précédent, je ne peux pas l'oublier, tout le monde en faisait des commentaires dès que je la mettais, la moitié de mes copains la trouvaient grotesque, l'autre moitié *démente* ! Il me fallut un moment pour rétablir la réalité des choses : la veste comme le reste venaient évidemment des récits de Laurence. Toutes ces petites bribes de mon histoire qu'il régurgitait aujourd'hui, comme ces bouts d'artichaut dont il faisait un tas énorme sur l'assiette posée au milieu de la table, n'étaient rien d'autre que la digestion de toutes les histoires que lui aurait racontées Laurence, nouvelle Schéhérazade des campings.

« Je suis con ! Pourquoi je raconte tout ça devant toi, Christine, je suis désolé, pardonne-moi ! » Ses mains couvrirent sa bouche, comme on le fait quand on vient de faire une gaffe : « Pardonne-moi, c'était il y a si long-temps, tu sais. De toute façon il y a prescrip-tion ! » Il répéta plusieurs fois ce mot de prescription en riant avec un gloussement gêné. Voilà qu'il me mettait en couple avec Christine, maintenant. Dans la voiture, à l'aller, elle lui avait pourtant parlé de son mari et de ses enfants. Il est vrai qu'il n'était pas à une distorsion du réel près. Elle tenta de pro-tester, en souriant et en mettant une main sur ma cuisse : « Moi... avec Bas'... !! » Il ne l'écouta pas. Qui écoutait-il, d'ailleurs ? Ce type était irrémédiablement perdu dans sa seule logique à lui. Il jeta brusquement sa ser-viette sur la table, recula son siège pour se lever, se tourna vers moi et fronça le sourcil : « Basou, tu as une drôle de tête. Tu travailles trop mon vieux, on sent que tu es crevé, allez va faire une sieste, ça te fera du bien. » C'était un ordre. Pourquoi y résister, j'étais tellement paumé par ces scènes invraisemblables ? Dormir un peu ne pouvait que me faire du bien.

« C'est pas tout ça, dit Tony en se levant de table, j'ai pas fini mon boulot au bateau. » Je crois que c'est la seule phrase qu'il prononça. Erwan avait encore disparu.

« Ton ami a raison, dit Christine, va dormir un peu, je vais me balader et essayer d'appeler mes petits. Je viendrai te réveiller dans une heure. »

Dix minutes plus tard, je me tournais et me retournais sur mon lit, sous la tente, cotonneux, sonné, incapable de dormir, évidemment. Une main cherchait à ouvrir la fermeture. « Christine ? »

C'était lui.

« T'es sûr, j'ai pas fait de gaffe tout à l'heure ? Tant mieux ! tant mieux, je suis tellement content que tu sois là, tu sais. Je suis tellement content que tout le monde vienne, tu ne peux pas savoir ce que tout ça représente pour moi ! »

Combien de temps resta-t-il assis au bout de mon lit à monologuer en regardant ses chaussures ? Chaque fois qu'il bougeait, je bougeais dans l'autre sens. C'est le bonheur des matelas pneumatiques. On se serait crus dérivant au large, perdus tous les deux sur un petit rafiot en plastique. Nous flottions sur la mer étrange de sa folie. L'homme autoritaire du matin, le type hâbleur du déjeuner avait fait place à un garçon qui m'aurait ému dans un autre contexte. J'étais trop perdu dans mes idées de fuite, dans mon malaise devant cette situation pour l'être vraiment. Je ne sais quel temps il faisait dehors, dans ce petit espace confiné, j'avais l'impression d'étouffer. Il était venu pour parler. Je l'écoutai comme on le fait avec les gens dont on a un peu peur, en étant plus attentif à leurs gestes qu'à leur parole. Qu'est-ce que je risquais vraiment ? Je n'en sais rien. Je me souviens que, tout en essayant de ne jamais le perdre du regard, je jetais parfois un œil furtif vers un piquet posé à côté du matelas, la seule arme possible dans cet univers de toile et de plastique. Il parla beaucoup en émaillant ses phrases de petits rires. La fête du lendemain était pour lui un moment crucial. « Tu sais, il y a des gens qui fêtent leur anniversaire. Eh bien moi je vais fêter mieux que ma naissance... ma résurrection ! Tu imagines, Basou : tu as devant toi le Messie himself. »

Il écarta les bras pour mieux se faire comprendre. Le geste me fit sursauter. Il ajouta en les refermant :

« Je déconne. Je suis pas le Messie, mais je peux te dire que j'ai vécu pire. »

La résurrection était juste une façon de poser le départ d'une nouvelle vie, qui en finisse à jamais avec ce qu'il appelait « le cauchemar », c'est-à-dire les épreuves atroces qu'il avait traversées. Laurence nous en avait parlé. Heureusement. De toute évidence, pour lui, ces plaies étaient encore trop ouvertes pour qu'il réussisse à exprimer clairement les choses. Il parlait par allusions, soupirait entre les phrases, tournait la tête vers l'entrée de la tente en articulant si peu que ses paroles se perdaient. Il y avait ce mariage raté avec cette fille trop jeune, mais il disait juste : « D'abord il y a eu la petite conasse... » Il s'étendit peu. Il me demanda simplement, en tournant vers moi des yeux inquiets : « C'était une fille Bencharmi, tu les as connus les Bencharmi ? » Je répondis non, ça le soulagea. Puis il passa à la maladie. Il faisait un lien entre l'une et l'autre : « Ça on peut dire qu'elle m'a bouffé la vie, celle-là, elle m'a même filé le cancer tu te rends compte. » C'était absurde. « Trois chimios, tu imagines ? Trois chimios pour une *conasse* – on sentait à la façon dont il appuyait sur les deux syllabes à quel point il aimait répéter ce mot désagréable –, trois chimios et deux opérations. » En disant cela, il commença à soulever son tee-shirt et à défaire sa ceinture pour me montrer je ne sais quelle cicatrice. Je me crispai sur mon matelas en arrêtant de respirer – ah non, pitié, pas ça – mais je ne dis pas un mot, j'avais trop peur qu'il le prenne mal. Il sentit mon raidissement et rajusta son maillot dans son pantalon en remettant sa ceinture en place :

« T'as raison, on ne va pas revenir là-dessus. Surtout que c'est comme ça que j'ai eu l'idée de la fête. C'était au moment du dernier traitement. Tu sais ce que je me suis dit ? Si je m'en sors, j'efface tout et je recommence. Tu comprends, Basou ? »

Il avait à nouveau tourné la tête vers moi. J'écarquillai les yeux, je ne comprenais rien, évidemment.

« C'est simple ! »

Il avait attrapé mon genou, à travers le matelas. Il jubilait, l'évidence de son raisonnement le chavirait de bonheur.

« C'est simple je te dis ! Juniac, c'est tout pour moi, tu sais. C'est mon port d'attache depuis que je suis gamin. J'en ai pas d'autres, mes parents déménageaient tout le temps. Maintenant le *pater* s'est installé au Ghana ou quelque part par là, je ne sais même pas où c'est, et ma mère mange les pissenlits en Bourgogne, tu vois le grand écart ! Les Tournesols on y venait comme toi, tous les mois d'août – je n'eus pas le courage de relever. C'est pour ça qu'après, j'ai monté ma boîte dans le coin, que je bosse avec des gens qui venaient ici et que j'ai finalement trouvé la... enfin la *conasse* quoi. Et justement, à cause de ce qu'elle m'a fait, elle viendrait tout gâcher ! Elle viendrait foutre en l'air tous mes souvenirs, toutes mes amitiés, tous les bonheurs que j'ai eus dans cet endroit avant de la connaître ? C'est ça qui me rendait le plus fou dans l'histoire. Chaque fois que j'essayais de me souvenir de Juniac pour ne pas penser à toutes les saloperies qu'on me faisait à l'hosto, je la voyais elle ! Tu te rends compte, une pintade qui n'avait pas cinq ans quand on allait faire la fête au Havenau ! Alors un jour à l'hosto, je me suis dit, si je m'en sors, j'efface tout, et je recommence. Tu comprends maintenant, Basou ! J'efface tout, ça veut dire je l'efface elle, et je recommence le film avec les potes d'il y a trente ans. C'est génial non ! »

Il répétait « génial non ! » en riant à gorge déployée, si fier, si heureux de sa trouvaille. C'était logique, d'une de ces formes parfaites de logique dont seuls les grands cinglés sont capables.

« Mais évidemment, après tout ce qui m'est arrivé, j'avais un peu de mal à me souvenir

d'avant, de la jeunesse, si tu veux. Tu penses !
trente ans ! tu te rends compte... Alors j'ai
commencé à en reparler avec Laurence, et
c'est elle qui a un peu ravivé les souvenirs.
Elle a une mémoire d'éléphant. Elle n'est pas
documentaliste pour rien ! C'est simple, c'est
elle qui a fait la liste des invitations, et tu
veux que je te dise le plus marrant, mon
Basou... ! »

Il s'était complètement retourné, ses deux
mains agrippaient mes genoux, des larmes de
rire mouillaient ses yeux, je serrais le duvet de
mes deux mains comme si ce mince rempart
de plume pouvait me servir de protection.

« ... le plus marrant c'est que dans tous mes
supercopains d'adolescence que tu verras
demain, il y en a qui ne m'ont laissé aucun
souvenir ! Aucun ! C'est fou, non ? Je ne sais
même pas si je les ai jamais vus ! »

Il me disait ça en me fixant. C'en était ver-
tigineux. Évidemment j'aurais dû tenter un
mot, profiter de cette perche stupéfiante qu'il
me tendait tout à coup. Aucun son ne sortit de
ma bouche. Un dernier hoquet de rire secoua
sa poitrine, et son visage s'assombrit tout à
coup :

« Je te raconte ça, mais je te fais confiance,
Basou ! Pas de blague, hein, pas de gaffe
demain. Je m'en fiche de ne pas les connaître,

moi, le tout c'est qu'on fasse semblant et qu'on s'amuse tous ensemble, tu comprends. C'est comment déjà le proverbe avec le flacon, là, tu sais ? ... Enfin l'important c'est pas le flacon, mais c'est qu'on se bourre la gueule tous ensemble. » Il rit encore une fois, se tut un moment et se leva soudain, sans prévenir. Mon matelas s'effondra. Puis il sortit comme il était entré, sans un mot, perdu à nouveau dans son monde intérieur, complexe et dolent.

Il avait dû rester longtemps. Elle avait promis de partir une heure, quelques instants plus tard, à peine, Christine entra dans la tente. Elle était décidée et malicieuse :

« Eh bien voilà, je l'ai la solution ! »

J'avais du mal à reprendre mes esprits.

« Quelle solution ?

— Pour partir ! tu voulais partir, non ? C'est bon, je viens de croiser Erwan et Patrick dans la voiture. Ils allaient faire une course, la route est libre !

— La route pour où ? »

Elle portait à ce moment-là un rouge à lèvres d'un rouge éclatant. Son sourire en apparaissait d'autant plus triomphant :

« Tu étais plus rapide avant, dans la déduction... on est invités pas très loin d'ici... Je viens de l'avoir au téléphone, il n'y a pas de problème. »

J'aurais dû demander de qui elle parlait. Je ne l'ai pas fait, la réponse était tellement évidente et tellement inouïe.

Je me suis entendu dire :

« Mais comment as-tu fait pour téléphoner ? Tu es allée à la cabine devant tout le monde... »

Triomphale, elle sortit son portable d'une petite poche cachée sous son ample pull :

« Je n'allais pas laisser un Nokia trois G à un malade ! dis donc, en plus je suis mère de famille, moi, j'ai besoin de joindre mes gosses... »

J'étais abasourdi. Je sortis du duvet, j'y étais entré tout habillé, j'avais toujours mon costume des années soixante-dix.

« Tu crois que je peux y aller comme ça ? » fut la dernière connerie qui m'échappa.

13.

« Comment tu savais... ? il habite ici... ?... et son... son numéro ? Tu avais son numéro... ? » Je bredouille, je m'embrouille, je ne sais que faire de ce retournement de situation. Elle marche vite, j'ai du mal à la suivre, et elle ne répond pas, elle plaisante, elle esquive.

« Dis donc ! On étouffait dans ce camping avec ce dingue, on a bien fait de partir, non ? Ici au moins on respire. » Elle marque le pas et emplit ses poumons de l'air frais de ce bel après-midi de printemps, d'où je suis, derrière elle, je vois ses épaules monter puis descendre.

Nous voilà donc tous deux sur la route qui file à travers les marais pour aller jusqu'à La Croix-de-la-Mer, le village qui se trouve à l'opposé de Juniac. On aperçoit son clocher de granit et les maisons basses au toit d'ardoise, serrées dans le lointain entre la lande et la brume qui tombe, un rêve de Bretagne. Christine porte toujours ses petites ten-

173

nis rouges. Au-dessus des vêtements de ce matin, elle a passé un gros anorak. Je n'ose pas même imaginer l'allure que j'ai moi, toujours accoutré de ce shetland vert amande et de ce pantalon à pattes d'éléphant, couvert maintenant d'un duffle-coat que j'ai raflé tout à l'heure, en prévision du froid, et portant à la main ce bagage absurde.

Tout s'est enchaîné avec une telle rapidité. On est partis comme des voleurs. Comme des fugueurs, plutôt, en enjambant la vieille grille rouillée de l'entrée de derrière, c'était par là qu'on passait, les soirs sans permission. « Tu veux partir ou non ? » répétait Christine surexcitée et pressante, dans la tente, en entassant des vêtements dans un sac. « Alors fais comme moi, bon sang ! allez ! allez ! ne prends que deux, trois trucs et laisse tout le reste, comme ça, ils croiront qu'on est juste partis faire un petit tour, ils ne s'inquiéteront pas tout de suite... » J'avais vidé sur le matelas le sac contentant mes affaires, jeté deux pulls dans une poche de plastique et bien sûr, dans l'empressement, j'en avais emporté une autre, celle qui contenait mes affaires de piscine.

« Mais tu..., c'est incroyable... tu... ? ? ? ? » Depuis tout à l'heure, j'interroge Christine de façon hébétée, confuse, je la bombarde de questions, je ne sais plus par quel bout recommencer l'histoire et elle prend un malin plaisir à me laisser patauger dans mon incertitude. Comme on reprend vite les plis anciens ! Au déjeuner encore, elle était cette business-woman élégante, discrète et si bien élevée que j'apprenais à peine, depuis deux jours, à découvrir. À présent, elle est redevenue la fille espiègle de jadis, la petite peste qu'elle était parfois, les soirs où elle avait envie de jouer avec mes nerfs, quand elle estimait qu'une fois encore je les perdais pour pas grand-chose.

Elle avance d'un bon pas, en balançant au bout de son bras un gros sac de voyage – de toute évidence pour elle « un ou deux trucs », cela signifiait la moitié d'une armoire. Je l'entends à nouveau soupirer d'aise

« Je suis bien contente qu'on se soit tirés... je ne dis pas ça pour être méchante, mais tes copains du camping, franchement, j'en avais ma claque. Le dingue, il est marrant, c'est vrai. Mais l'autre ? Comment s'appelle-t-elle déjà ? Laurence ?... Tu as vraiment eu une affaire avec elle ? Je ne peux pas le croire. Elle était déjà aussi bêbête ou ça s'est aggravé en vieillissant ? »

Impayable Christine. Même cette jalousie idiote, même cette incapacité de se retenir de balancer une pique envers n'importe quelle fille un peu trop proche de moi ne lui auront pas passé.

Son attitude me dope. Tout à l'heure, après la visite de Patrick, après ce tout dernier retournement de situation, j'étais anéanti, vidé. Je sens maintenant monter en moi de l'exaspération :

« Je ne te parle pas de Laurence. Je te demande comment tu savais que Tony habitait ici.

— Mais il n'habite pas là ! C'est sa maison de campagne ! J'ai une sacrée mémoire tu ne trouves pas ? Figure-toi qu'il m'est revenu qu'ils avaient acheté quelque chose près du Havenau... Avoue que c'est quand même marrant que ce soit juste au bout de cette route ! Enfin c'est ce que j'ai cru comprendre au téléphone... Le Calvaire-sur-Mer ?... Ah non ! La Croix ! Dis donc, quel programme ! C'est bien par là ? Il m'a dit que c'était juste derrière, après les marais, dans une sorte de lotissement, une grande maison avec une grille rouge, tu dois connaître, non ? »

Non, Christine, je ne connais pas. Toi, tu ne te souviens pas exactement où était sa maison de campagne. Moi je n'ai jamais su qu'il en avait une.

Elle poursuit, volubile et joyeuse, on la sent pleine d'une fierté gamine d'avoir sorti cet incroyable joker pour emporter la partie, comme s'il était normal qu'elle ait eu un tel joker dans son jeu. Peut-être se rend-elle compte alors au ton de ma voix que j'ai peu le cœur à jouer. Elle tente de noyer les choses dans un flot de justifications qui ne justifient rien.

« Il est quelle heure à ton avis ? Il m'a dit qu'il n'arriverait qu'en fin d'après-midi, si ça roulait bien, depuis Nantes. J'ai monté un bobard, je lui ai dit qu'on se faisait chier à un congrès et qu'on serait contents de passer chez lui. Je ne lui ai pas dit qu'on était à pied. Tu crois qu'on doit lui raconter Patrick et la fête du camping ? Note, ça l'amusera ! Il m'a dit que sa maison était à trois ou quatre kilomètres de Juniac. Il y a un pont, après c'est à droite. De toute façon, on n'allait pas rester là-bas, non ? C'est toi qui disais que Patrick te faisait peur. Moi, je le trouve un peu bizarre mais plutôt amusant. Tu voulais partir, j'ai cherché une issue de secours, qu'est-ce que tu voulais qu'on fasse... ? Et puis c'est sympa, non, de se retrouver chez Tony... »

Sympa, *Tony*, m'arrivent, portés par l'air frais.

Je la suis en marchant mécaniquement, le long de cette route quasi déserte à cinq heures de l'après-midi. Elle va d'un bon pas et tourne un peu la tête en me parlant, comme on fait pour s'adresser à quelqu'un qui traîne derrière soi. J'ai les yeux fixés sur le mouvement des petites tennis rouges, le regard hypnotisé par ces deux taches colorées et mouvantes qui seules me rattachent au réel. Je ne vois rien d'autre, je m'accroche à elle, tout le reste tourne trop dans ma tête. Un vague soleil de printemps qui plane au-dessus de la mer me chauffe la joue gauche. Le reste de mon corps est glacé.

Tout le monde a éprouvé un jour ce pincement désagréable, cette amertume un peu honteuse : on a été si content de présenter des amis qui ne se connaissaient pas, on a été si heureux que la rencontre se passe au mieux, et huit jours, un mois, un an plus tard, le sol glisse sous nos pas quand on apprend, toujours par hasard, qu'ils se fréquentent maintenant hors de nous. Que dire alors en amour, que dire quand le désir est en jeu ? Le sol ne glisse pas, la terre entière s'ouvre sous vos pas.

C'est moi qui les avais présentés. C'est moi qui les avais presque mis dans le lit l'un de l'autre, c'est vrai. Quel compte y trouvais-je alors ? Je ne le sais, mais je devais m'y retrouver quelque part, même si ces choses ne sont jamais si nettes. Dans la grand-rue du Have-nau, dans les prés en face de la ferme de la cousine, à l'entrée de l'hôtel où l'on fit étape, j'avais adoré que l'on apparût comme un *ménage à trois*. Je ne suis pas très sûr d'avoir voulu qu'il le fût concrètement. Quoi qu'il en soit, après notre séparation à la gare de Lisieux, un rideau de fer était tombé dans mon esprit entre elle et lui. La pièce était jouée, fin définitive des amusements triangulaires. C'était moi qui les avais suscités, il me paraissait évident qu'ils ne pouvaient exister hors de moi. Jamais, en vingt ans, jamais je n'avais supposé un instant qu'ils s'étaient revus. Il faut croire que j'étais naïf, ou plutôt aveuglé par mon désir pour lui qui m'obnubilait tant que je n'avais jamais envisagé cette simple possibilité. De le découvrir aujourd'hui me rendait fou.

« Tu l'as revu ? mais tu l'as revu quand ? »
Elle esquive encore.
« Je ne sais pas, je l'ai revu de temps en temps... Je ne t'en ai jamais parlé ? Mais si je t'en ai parlé forcément. » J'entends dans sa voix de la mauvaise foi. Tout au moins, je suis persuadé d'en entendre.
« Note, je t'en ai peut-être pas parlé. Forcément ! on ne se voit jamais... »

Une colère, une fureur monte en moi. Je laisse tomber à mes pieds sur la petite route de La Croix l'absurde sac inutile que je traînais, je hurle :

« Je te demande quand tu l'as revu ! ! ! ! »

Elle marchait devant moi. Elle s'arrête net et se retourne, pour crier presque aussi fort :

« Ooooh ! Oooooh ! – c'était le cri dont on use pour calmer les chevaux énervés – ça va maintenant, avec tes questions ! Je te demande, moi, si tu l'as revu et quand tu l'as revu ? Tony, c'est ta propriété, c'est ça ? Il faut un permis pour l'appeler ? Eh bien vas-y, appelle-le – elle brandit maintenant son téléphone portable – vas-y, appelle-le, dis-lui qu'on arrête tout. Qu'il peut repartir ! Dis-lui que tu annules le rencard ! que tu es retenu par une fête chez un dingue ! Et retournes-y ! Mais sans moi. Moi, je suis prise ce soir, tu m'entends Basile, je-suis pri-se ce soir ! »

Les pieds rouges reprennent leur marche.

Je regarde mon sac piteusement écroulé par terre, un grand sac en plastique vert marqué « university of » quelque chose. Je me retourne vers le camping. J'ai l'impression qu'une voiture ralentit devant pour y entrer. J'hésite une minute, en clignant les yeux pour tenter de mieux distinguer les choses dans le lointain : c'est une 4L ? ou non ? Et que fait-elle ? Elle s'arrête ? elle tourne ? elle vient vers nous ? Vers nous ?

Je regarde à nouveau mon sac, je m'en saisis, je repars vers Christine en hâtant le pas, suivi par le ronronnement d'un moteur, mon cœur se serre. Fausse alerte, la voiture nous double sans ralentir. Maintenant, je suis lancé.

« Je suis prise ce soir. » Sa dernière phrase me résonne dans le crâne. Je ne sais trop ce qu'elle avait voulu y mettre. J'ai l'esprit trop à vif pour que ces mots n'y fassent pas naître des images que je tente de refouler. Je ne veux pas qu'il la prenne. Même en pensée, je ne veux pas non plus le savoir. Je n'ai jamais voulu le savoir.

Bien sûr, depuis l'époque de Juniac, je l'ai revu. Trop peu. Cinq ou six fois peut-être. Je n'en ai oublié aucune, elles me hantent toujours avec une précision qui me brûle. Il arrivait toujours à l'improviste. Un congrès de quelque chose à Paris, des courses à faire, une visite, des prétextes, qui sait ? Il appelait dans l'après-midi. « T'es là ce soir ? Je passerai peut-être. » J'étais toujours là le soir. Pour lui, j'annulais tout. J'aurais rampé pour le retrouver. Le scénario était toujours le même. Il arrivait pour le dîner, ou plus tard. J'ai oublié ce qu'on se racontait, des touts et des riens, la vie, et toi ça va ? oui, moi ça va, et toi ? Il parlait sans doute de tout ce que je ne cherchais pas à connaître, la maison de vacances peut-être, sa femme, des enfants – oui, il me semble qu'il parlait parfois de ses enfants, et de son boulot, c'était encore plus difficile à suivre, il en changeait en permanence. Puis c'était l'heure d'aller se coucher. On rejouait la pièce des temps passés. Ma voix s'étranglait. « Tu veux dormir où ? » Il montrait la pièce où nous nous tenions, avec un air d'évidence : « Ici ! pourquoi ? t'as une chambre d'ami maintenant ? » Il fallait ouvrir le canapé du salon, sortir des draps, une couette, tout ce qui signait ma défaite. « Tu es sûr que tu ne veux pas dormir avec moi ? » Ça le faisait rire. Je l'entends encore ce rire, gêné, ou bravache, je ne sais, il me faisait mal. J'essayais un geste vers lui, je tendais le bras pour caresser le sien, ou l'agripper en tentant de le rapprocher de moi. Il me rejetait en râlant, comme avant : « C'est pas vrai ! mais il est obsédé celui-là, tu ne vas pas recommencer ! » Dépité, malheureux, frustré, j'allais me coucher seul dans ma petite chambre. Dix minutes plus tard, il en ouvrait la porte.

Je n'ai aucun goût pour le romantisme à deux sous, je ne crois pas au feu de paille pour film américain qu'on appelle la passion, au brasier qui est censé naître d'un regard, d'un mot échangé, d'une lettre, ou, pis encore, du regret de n'avoir rien fait, et qui vous consume toute une vie durant. Je crois en l'amour, je sais que c'est un chandail chaud et robuste qui se tricote peu à peu, au fil des jours, se renforce, se nourrit du quotidien, maille après maille. Je suis si heureux avec Victor, j'aime son assurance, sa force, le bleu de son regard, la douceur de sa peau, j'aime la beauté de la vie à deux, j'aime la chaleur dont cela nous irradie, j'aime le tiède sentiment de protection que cela nous donne, j'aime l'avenir que cela nous construit. Je sais aussi que ce sentiment doux et bienfaisant doit lutter souvent avec les ravages d'un autre, impétueux, destructeur, le désir obsédant du corps d'un autre.

Je ne parle pas du désir d'ailleurs en général. Qui ne l'éprouve, ce chatouillis qui nous tenaille cent fois dans une journée pour « mille objets divers », comme on dit dans Racine ? Mille, c'est un peu exagéré, bien sûr. On ne voit pas tant de belles personnes en une seule journée. Cet appel à l'infidélité ne me dérange pas. On le gère. Une heure, une nuit. Et après ? Je ne crois pas à la fidélité comme on nous la vend dans les drames bourgeois et les salles de presse de la Maison-Blanche.

Tout ça n'est pas grave. Il faut bien que le corps exulte, on connaît la chanson.

Ce dont je parle ici est plus ravageur. Je parle du désir fondamental ; je parle de l'appel constant d'un été de la jeunesse qui ne veut pas mourir ; je parle de cette folie obsessionnelle qui m'est tombée dessus, un jour, vêtue d'un pantalon blanc, au pied d'un pin maritime, au coin d'un sentier près d'une plage de Bretagne, et dont je cherche en vain, depuis, à me débarrasser. Est-ce un sentiment courant ? D'autres que moi passent-ils leur vie à frémir à l'odeur d'une peau qu'ils ont respirée à l'âge de dix-huit ans ? Tony n'a jamais eu d'amour pour moi. C'est réciproque. Je n'ai jamais imaginé une seule seconde faire plus de deux pas de ma vie avec lui. Seulement j'aurais été capable de la foutre en l'air pour une heure dans un lit. Après l'été enchanté, je l'ai revu un peu, épisodiquement, et puis, un jour, cela a cessé. Je l'ai appelé, encore un peu, parfois, il était toujours enjoué, prometteur et vague : « Bon, à bientôt, Bas', si je passe à Paris, je t'appelle... » Cela doit faire dix ans qu'il n'a pas appelé. Durant cette décennie pas un jour n'a été hanté par le fantôme de ce désir. Et il ne s'éteint pas. Oh ! non. « Mon Dieu mon Dieu, cela ne s'éteint pas ! » hurle quelque part le vieil Aragon. J'en étais sûr à ce moment-là. Dussé-je vivre jusqu'à cent ans, alors à cent ans encore, devant un air, un rien, un parfum, le pli d'une paupière, une coupe de cheveux, qui me rappelleraient Jean-Antoine Marcadet, dit Tony, je sentirai mon vieux cœur battre plus fort, et ce qui me reste de feu me brûler encore, comme il me poussait, ce jour-là, à avancer sur une route froide au bord d'une lande déserte derrière une femme qui le désirait peut-être autant.

Au matin, il partait sans un mot, sans me dire quand il reviendrait, sans me dire chez qui il avait dormi la veille, chez qui il dormirait le lendemain. Jamais je n'ai pensé que ça ait pu être chez elle.

Le désir obsède, le désir aveugle. Maintenant, il me semble que le voile du Temple s'est déchiré. Tout paraît si clair, si évident. Et de quel droit leur en faire reproche? J'aurais dû savoir qu'ils s'étaient revus, tout au moins, j'aurais dû poser la question. Je n'avais jamais voulu. Je m'étais bâti un petit monde qui n'envisageait même pas cette hypothèse. Bien sûr Tony connaissait des femmes, la sienne, d'abord, d'autres, évidemment – il y faisait allusion de temps en temps en fanfaronnant un peu. Ça ne me dérangeait pas, ça m'excitait. L'idée que ce modèle d'homme à femmes, cet archétype d'hétéro

185

carnassier pousse la porte de ma chambre à moi pour se laisser dévorer, même une fois tous les cinq ans, me faisait chavirer. Mais la porte de sa chambre à elle !

Christine avait pris de l'avance, sur le chemin. Une nouvelle onde de fièvre me gagna. Et si elle avait tout manigancé depuis le début ? Et si elle avait tout manigancé avec lui ? Mais dans quel but ? Et puis non. Le complot aurait été un peu trop bien huilé. Qu'elle se mette d'accord avec Tony, admettons, mais qu'elle réussisse à goupiller cela avec la fête de Patrick... Ou alors Patrick et elle se connaissaient ? Voyons ! Cette histoire de conférence à Redon, la rencontre sur les Champs-Élysées... J'en perdais le souffle. Je me sentais à trois pages de la fin d'un atroce polar américain, quand tous les indices accumulés depuis le début du film prennent tout à coup un sens, quand toutes les pièces éparpillées depuis deux heures forment tout à coup le puzzle dans son atrocité.

Non ! il fallait se calmer, respirer, boire de l'air frais, arrêter le délire.

Je ne savais plus où j'en étais.

Elle non plus. Elle attendait un peu plus loin, à un carrefour, en tournant la tête à droite, à gauche, perdue.

« Tu crois que c'est par où... ? »

Je repartis à la charge. Une dernière fois. Je n'arrive plus à me souvenir si mon ton de voix était excédé ou larmoyant.

« Tu l'as vu combien de fois ? »

Elle porta le coup de grâce, en me regardant droit dans les yeux :

« Et toi ? toi tu l'as vu souvent ? Et toi ? t'as recouché avec lui ? Dans quelle position ? Tu crois que ça m'intéresse de le savoir ? Et qui baise qui dans votre histoire ? C'est chacun son tour ? Alors vas-y, raconte... » Sa voix avait monté d'un ton, elle hurlait à nouveau : « Allez..., raconte ! tu as peut-être des photos ? Allez ! sors-nous les photos... »

D'abord je ne répondis rien. Sa riposte m'avait tétanisé. Je regardais vers la mer. Le soleil fléchissait. Il faisait si froid. Puis, vaincu :

« Qu'est-ce qu'il t'a donné comme adresse ? La rue des Primevères, c'est ça ? Ça ne me dit pas grand-chose..., ça fait si longtemps que je ne suis pas venu par ici, attends que je me rappelle...

Fin de l'épisode. De ces choses, elle et moi, je savais que nous ne reparlerions plus jamais.

Il fallait trouver cette foutue rue. Tout avait tellement changé. Jadis, pour le simple plaisir de faire une balade depuis le camping, on venait jusqu'au petit pont enjambant un bras de mer, d'où l'on peut voir La Croix qui s'étire juste derrière. Je me rappelle un de mes copains de l'époque, y déclamant « El desdichado » de Nerval, son poème préféré. Je le revois hurlant : « Je suis le ténébreux, le veuf, l'inconsolé », devant la mer retirée, dans l'odeur d'iode et d'huîtres. Tout cela sentait son romantisme d'année de bac français. Aujourd'hui, de l'autre côté du pont, si l'on marche un peu, on trouve une marée de pavillons coquets et déprimants, là où il n'y avait que de la bruyère ou des roseaux. Il devait être cinq heures et demie maintenant. Il n'y avait pas grand monde. On se renseigna auprès d'un mareyeur, qui lavait des filets dans la rivière, en contrebas du pont. La rue des Primevères ? Ça devait être par là, toutes les rues là-bas avaient des noms de ce genre, les oies sauvages, les genêts. Les promoteurs aiment donner au béton le nom de ce qu'ils ont détruit. On tourna assez longtemps dans le lotissement, sans dire grand-chose, en cherchant un plan, en espérant tomber sur cette fameuse grande maison à la grille rouge. Un peu plus tard, je m'étais avancé de quelques pas dans une allée dans l'espoir de trouver la plaque qui me donnerait son nom. Christine était restée au coin. On entendit un moteur de voiture. J'allais lui crier : « Fais signe d'arrêter, il faut qu'on demande. » L'auto freinait déjà. Il y avait des reflets sur les vitres, je ne voyais pas bien. J'entendis juste le rire de mon amie poussant des petits cris de joie en se penchant vers la vitre qui s'abaissait : « Dis donc ! on a bien cru qu'on ne te trouverait jamais ! »

14.

Il n'a pas changé. Si, physiquement, bien sûr. De profil, comme je le vois de l'arrière de la voiture, je distingue les traces qu'ont laissées ces dix ans. Sa ligne semble identique. Ça ne m'étonne pas. Je le crois trop sportif, trop attaché à ses muscles ronds, à son ventre plat, trop narcissique, pour se laisser aller. Ou alors, s'il a grossi, il sait trouver les vêtements qui le dissimulent. Son visage, en revanche, s'est marqué, des pattes-d'oie se sont creusées au bord des yeux, la peau des joues s'est tannée, celle du cou s'est un peu flétrie. Ça lui va bien. La dernière fois, il était un beau trentenaire. Voilà, au volant de cette grosse voiture grise dans laquelle nous venons de monter – c'est donc cela un 4 × 4 ? ou alors c'est une Espace ? – un beau quadra. Il porte une parka *sportswear*, comme on dit dans les magasins de centre-ville, sur un polo sombre, ça lui donne un chic de port de plaisance.

Non, il fait plutôt penser à un de ces entraî-
neurs de foot qu'on voit à la télé, un de ces
beaux mecs aux mêmes petites rides formées
sur une même peau hâlée par le grand air, je
ne sais plus leur nom, je suis aussi nul en foot
qu'en bagnoles, je n'arrive pas à m'intéresser
au ballon, je ne regarde que les joueurs. Christine, montée à côté de lui, est enjouée, volubile, quel plaisir de te retrouver, on était dans
une galère, il faudra qu'on te raconte nos
aventures, c'est à mourir de rire ! et ça ne te
dérange pas qu'on débarque à l'improviste ?
Vraiment ? On peut même dormir là ? « Tout
est OK ! répète-t-il en riant, tout va bien, on
est en week-end ! ». Dès le coup de fil, il s'est
arrangé, il avait un contrat à fignoler avec un
client à quinze bornes d'ici, ça a été vite expé-
dié, de toute façon, maintenant, avec les RTT,
essayer de bosser le vendredi après-midi, ça
tient du prodige, du coup, voyez – il pince, en
parlant, le col de son polo – il a même eu le
temps de passer se changer parce que la cravate à La Croix, « ça ne le ferait pas ».
Agnès n'arrive que demain soir, son cabinet
ouvre le samedi, peut-être viendra-t-elle avec
Louis et Paule, encore que, à leur âge, ça
devient dur de les emmener, ils préfèrent passer des plombes à faire leurs blogs sur Internet, ici, ça les déprime, il n'y a même pas

l'ADSL! Je l'observe à la dérobée, j'ai déjà envie de le prendre dans mes bras, de le manger, cela me bouleverse.

Je sais comment la plupart des quadragénaires conjurent leur peur de vieillir, ils tombent amoureux de filles qui ont la moitié de leur âge. À en croire les magazines, les femmes s'y mettent aussi, tant mieux. Cela me plaît de penser que les femmes ont droit désormais aux mêmes conneries que les hommes. Je plaisante, naturellement. Au nom de quoi me permettrais-je de porter des jugements? Qui contrôle ses pulsions amoureuses? Comment prédire de qui vous, moi, nous serons amoureux demain? Alors savoir l'âge qu'il ou elle aura... Il me semble toutefois que rien ne me ferait plus vieillir que de désirer un garçon ou une fille de vingt ans de moins que moi : j'ai le sentiment curieux qu'on ne doit jamais se sentir aussi ridé qu'en embrassant un visage lisse.

J'aime que mon cœur batte toujours autant pour Tony tel que je le vois aujourd'hui que pour le beau jeune homme dont j'étais fou il y a si longtemps, cela me dit que la peau n'est rien, seul compte le sang qui coule dessous.

Il repartait faire des courses pour remplir le frigo quand il nous a vus, c'est pour cela qu'il vient d'opérer ce demi-tour. Tiens ! voilà déjà la maison, vous voyez ce n'était pas loin. Il a appuyé sur un bouton, la grille rouge s'ouvre toute seule. Depuis tout à l'heure, je ne peux m'empêcher de guetter le peu de lui qui apparaît dans le rétroviseur. Il surprend mon regard, il me dévisage à son tour d'un sourire ironique : « Dis donc, t'as encore moins de tifs que la dernière fois, et en plus, maintenant, ils sont blancs. » Il n'a pas changé, disais-je. Je ne sais s'il caresse encore, *en attendant*, il griffe toujours.

La maison est un vaste pavillon récent, entouré d'un bout de pelouse, puis d'un grand terrain couvert de gravier rouge, quelque chose de cossu et de cafardeux à la fois. On dépose à peine les sacs sur le marbre froid d'une grande entrée que déjà Tony, après avoir allumé le chauffage, nous incite à reprendre nos bagages. On le suit jusqu'à « nos appartements », un grand chalet de bois, posé au fond du jardin. C'est la chambre de Louis – mettez-vous là, vous serez peinards, s'il décide de venir demain, mais ça m'étonnerait, on vous rapatriera dans la chambre d'amis.

Je ne sais si les jeunes ont autant changé qu'on le dit. Leurs chambres non. Je ne connais pas le nom du groupe de rock chevelu qui pose sur le poster, je crois entendre leur musique. Je serai infoutu de refaire aucun des exercices qu'il contient, mais je reconnais à son hideuse couverture le manuel de physique qui se mélange sur l'étagère avec des vieilles BD. Et il y a mieux que le petit lit bateau en bois peint blanc semblable à celui dans lequel je dormais il y a vingt-cinq ans. Il y a son jumeau collé sur l'autre mur. « Si vous voulez les joindre, dit Tony en riant, faites comme chez vous. À mon avis, c'est ce qui se passe ici quand monsieur reçoit... » Pourquoi les pères ont-ils toujours cette fierté de coq quand ils évoquent les conquêtes supposées de leurs fils ?

« Parfait, dit Christine en inspectant l'endroit, il ne manque que des draps. »

C'est vrai, les draps ! Il n'y avait pas pensé. Son premier réflexe est de sortir son téléphone portable pour appeler. Qui ? SOS draps, sans doute. Cela ne sera pas la peine. Christine vient de les trouver en ouvrant les placards de la pièce attenante. Déjà elle les déplie, en relançant la conversation : « Moi j'en ai trois, tu sais. Mais tu t'y est pris plus tôt, non ? Il a quel âge, ton petit Louis, depuis le temps qu'il est petit ? » L'âge qu'avait son père quand je l'ai rencontré, ai-je pensé en entendant la réponse. J'ai gardé la remarque pour moi.

Ensuite, il y eut ce moment, ce grand moment où je réussis à me retrouver seul avec lui. Il s'est déroulé pour l'essentiel dans des rayons d'un hypermarché de province. Il n'y a que dans les romans que les scènes cruciales se passent dans les décors à la hauteur des sentiments qu'on y met.

Le désir est un aiguillon puissant. À vingt ans, pour me retrouver seul avec celui dont j'avais envie, j'étais capable de tous les stratagèmes. Je me rappelle un week-end dans une maison de campagne avec Christine – toujours elle. J'avais rencontré l'après-midi un garçon. Où ? je l'ai oublié. J'ai oublié aussi à quoi il pouvait ressembler. Il devait être particulièrement à mon goût, j'étais prêt à beaucoup pour passer une heure avec lui. Il m'avait promis d'arriver dans la soirée. Je ne savais pas comment suggérer à Christine de s'enfermer dans sa chambre. Je me suis retrouvé dans la cuisine à piler dans un verre d'eau deux somnifères dérobés dans l'armoire à pharmacie. Je lui ai apporté le verre, en souriant d'un air bonasse. Des petits cailloux blancs flottaient dans une eau troublée. Elle a hurlé : « Tu sais ce que tu es : un grand malade ! » Et elle est partie se coucher en colère après avoir jeté le verre d'un geste rageur, dans l'évier. C'est dommage, dans un sens. Je suppose qu'en plus, elle a mal dormi.

Cette fois, la manœuvre de départ avait été plus simple. Dès qu'on eut terminé de faire les lits, elle s'est jetée sur le sien en soupirant : « Je m'allonge un quart d'heure. Avec toute cette marche, je suis trop crevée », j'ai suivi Antoine au supermarché. Le voici, paumé entre les rayons, dans un rôle que je ne lui avais jamais connu, et qui me paraissait plus ridicule qu'attendrissant : celui du mari infantilisé, sortant son téléphone portable à tous les rayons ou à peu près, me posant des questions en composant le numéro – « Tu crois qu'il faut du sucre, toi ? (qu'est-ce que j'en savais ?) » – s'énervant de tomber encore sur un répondeur : « Et merde ! qu'est-ce qu'elle fout ! pourtant elle m'avait dit qu'aujourd'hui elle finissait à cinq heures » ; échouant comme de juste au rayon des surgelés : « Et si on se faisait une pizza, non ? tu préfères des pâtes ? » ; et jetant n'importe quoi dans le chariot que je poussais derrière lui, hagard, dépassé, faisant tourner à plein régime mon malheureux disque dur interne pour trouver à tirer parti de cette situation absurde.

Durant le voyage aller, j'avais parlé beaucoup, comme toujours, tournant autour de ce qui m'importait, n'y arrivant jamais, comme c'est drôle de se retrouver, ah ! ce périple pour arriver, il faudra qu'on te raconte ! un congrès ? en quelque sorte..., en tout cas un congrès qui s'est fini en camping ! oui, le camping de l'EDF, tu vois, au bout de la route qui part du pont... oui, enfin non, je ne vais pas gâcher l'histoire, Christine serait furieuse que je ne l'attende pas pour te raconter tout ça...

Rien de ce que j'avais au fond de moi ne sortait. Et comment lui dire ce qui seul m'importait, mon désir, le sien, notre histoire, la sienne. À propos de Christine, dis-moi la vérité maintenant, pourquoi tu ne m'as jamais dit que vous aviez couché ? Et, à propos de coucher, est-ce que tu as encore envie... Qui dit jamais aussi clairement ce qu'il a sur le cœur ?

Après les courses, on est allés prendre un verre dans la brasserie un peu triste qui donnait sur le parking. On a pris un perroquet, du pastis et de la menthe, comme avant, en parlant de tout – et tes enfants ? Et toi le journal, ça va ? – pour ne rien dire.

Au retour, dans la voiture, on n'a même plus essayé de parler, l'alcool pris à jeun nous avait chauffé les joues, on était bien. Le magasin d'où nous revenions n'existait pas au début des années quatre-vingt, en tout cas on n'y venait jamais faire de courses, mais nos balades à vélo nous menaient par là. Je reconnaissais tout, ce village-rue sinistre dont seul le nom m'échappait, la mairie couverte de bégonias qui fait un angle, la boulangerie – ah non ! tiens, elle a fermé. Après, bien plus loin, il y a une petite chapelle blanche, puis un calvaire dominant les marais. La grande croix de pierre grise est encore là, mais on ne voit plus les marais, une affreuse station-service de tôle blanche les cache.

Je ne parlais pas, l'écho lointain de paroles prononcées il y a vingt ans me résonnait dans la tête : « Tu sais ce que je voudrais ? avait-il dit avant de me pousser vers le sentier. Que tu te taises. » Le jour descendait. Le son de la radio envahissait l'habitacle de mots inutiles. Le grand carrefour avec la nationale était devenu un rond-point. Il a mis son clignotant à droite, pour rentrer vers La Croix-de-la-Mer. J'ai mis ma main sur sa cuisse, et d'une voix étranglée, étouffée d'émotion et de désir, je lui ai dit : « Tourne plutôt à gauche.

— Ça ne va pas non ? On n'a pas le temps », a-t-il répondu d'un ton sans appel.

Et il a tourné à gauche. C'était la départementale de Juniac.

« Maintenant prends par là. » Je désignais la petite route qui contournait le village. « Comme ça on verra la mer.

— Ah non ! C'est hors de question, je te dis, on n'a pas le temps. On la verra demain la mer..., tous ensemble... » Je l'entendais râler, je ne sais s'il souriait en même temps, je fixais la route, je n'osais pas le regarder. Il s'est engagé dans la petite route. Avant le bois de pins, je lui ai demandé de se garer, et j'ai insisté, plaintivement, *sotto voce* : « Une minute, c'est juste pour voir la mer. » Il a râlé encore dans un petit rire nerveux : « Cette vieille fripouille ! t'as pas changé... » Puis il a protesté encore : « Non, je te dis, non, c'est non ! On ne va pas s'arrêter maintenant, tu as vu l'heure ? »

Et il s'est arrêté, il a garé la voiture doucement, en contrebas de la chaussée. C'était là. Il fallait prendre le chemin sableux qui part vers la mer, à travers les grands arbres, de là où nous étions, on voyait partir, à deux cents ou trois cents mètres, vers la gauche, l'allée qui se perdrait dans les bosquets, l'allée d'il y a... ? d'il y a... ? Longtemps. Était-ce le moment de compter les années ? Il est descendu de la voiture en disant : « Tu es incroyable... Est-ce qu'on a besoin d'aller voir la mer maintenant ? Il fait un froid de gueux... » Il a rajusté sa parka, fermé la voiture en jetant un œil à droite à gauche, comme je l'ai toujours vu faire, avec ce regard furtif d'animal à l'affût, qui s'assure que la voie est sans danger. Mon cœur battait à se rompre.

J'essayais de me dominer, de m'interdire de réaliser ce que je vivais alors, j'essayais de ne rien visualiser − deux adolescents vieillis, avançant vers des sous-bois. Pitié! pas d'images! − le vertige aurait été trop brutal.

Je tâchais juste de vivre cet instant, âpre et crucial. Nous avons marché dix mètres, sans mot dire, côte à côte, respirant l'iode et l'odeur des pins, avec un petit arrière-goût de pastis dans la bouche. J'étais tellement anxieux que je ne bandais même pas. J'entendais son souffle, je reconnaissais le rythme, le léger voile qui le couvrait, l'excitation qui le tendait. Il ne parlait jamais dans ces moments-là, mais ce souffle...

Et puis son téléphone a sonné.

Et puis il a décroché. « C'est toi, mamour! Qu'est-ce qui se passe, j'essaie de te joindre depuis le début de l'après-midi, tu étais en consultation tout le temps! Ah, tu étais sur la route..., tu as trouvé un remplaçant pour demain... Tu es à La Croix! avec Christine! Super! Super! Alors on arrive, on est sur le parking de l'hypermarché, on arrive... »

Eh oui.

J'aurais tout donné pour qu'un des moments les plus bouleversants de mon existence ne connaisse pas un dénouement de comédie de boulevard.

L'appel a fait sur lui l'effet d'un électro-choc. Je ne sais pour quelle raison précise, d'ailleurs. La morale conjugale ? Ce n'était pas son genre. La peur de trahir quelque chose, tout à l'heure, de notre après-midi ? Le sentiment d'une faute, là, ici, avec moi ? Ou peut-être simplement venait-il de recevoir en pleine figure cette saloperie poisseuse qu'on appelle le réel, la vie, ce petit train morne qui avance sur les rails où on croit l'avoir posé, dont on ne sait plus où ils vont, et dont on pense juste qu'il ne faut pas dévier. Il était presque sept heures déjà, Agnès attendait, il fallait revenir, il fallait préparer le dîner, se mettre à table, manger, dormir, se lever, vivre, cet ennui toujours recommencé.

Le coup de fil m'a secoué moi aussi. La tension qui montait est tombée d'un coup. Le but était trop près. J'ai insisté : « Viens, on va se promener. Juste dix minutes... elles nous attendront... » Je n'y croyais plus et lui n'entendait pas. Il repartait déjà vers la voiture. J'ai abdiqué, je l'ai suivi. On s'est retrouvés côté à côte, dans le silence pesant de l'habitable. Tout à l'heure je n'avais rien pu demander. Comblé, heureux, j'aurais laissé couler les choses. Frustré, je me sentais autorisé à en régler au moins une. Sans détourner le regard de la route qui filait, j'ai lâché :

« Vous avez couché ensemble, Christine et toi ? »

Comme toujours, il a ri. Je l'ai laissé rire sans rien dire, ma main était crispée sur le rebord du siège.

« Oh ! ça nous est arrivé ! Enfin ça nous arrive encore..., une fois de temps en temps... il faut bien réchauffer les vieilles amitiés, non ? »

Il avait dit ça sur un ton d'évidence qui se voulait désarmant, je suppose. La phrase vint se planter en moi comme un couteau. Puis il rit à nouveau.

« Pourquoi tu demandes ça ? T'es de la police ?

— Pour rien. »

Ne pas tourner la tête, regarder la route toujours, me concentrer sur la décision qui peu à peu prenait forme dans mon esprit. Quelle autre issue imaginer pour échapper à cet interminable supplice ?

Agnès, la femme d'Antoine, est charmante. Je ne la voyais pas comme ça. À dire vrai, depuis vingt ans, j'avais tout fait pour ne pas la voir du tout. Elle est métisse, porte les cheveux noirs très courts, un jeans, un chemisier ouvert, on la sent sportive et énergique, est-elle jolie ? pas tant peut-être – mais il émane

203

d'elle une assurance, une générosité – son sourire, cette façon de me toucher en riant, quand on faisait la cuisine, tout à l'heure, tous ensemble – qui force la sympathie. Elle est médecin à Nantes. Je m'en suis fait la réflexion dès que je l'ai vue, j'adorerais avoir un médecin comme elle. On la sent attentive, sérieuse, humaine. Je ne suis pas certain, hélas, qu'elle puisse me guérir de la maladie qui me ronge : vingt ans de désir pour son mari.

Que peut-elle savoir de mon histoire avec lui ? On la sent fine, intelligente, intuitive sans doute. Je le connais, je sais qu'il ne lui aura jamais parlé de rien. Qu'est-elle en mesure de deviner ? Qui suis-je pour elle ? Pourquoi est-elle si prévenante ? Simplement parce qu'elle est heureuse d'accueillir ce soir autour de sa table les vieux copains de jeunesse de son homme ?

Christine aussi est détendue, je ne sais si elle a réussi à dormir cet après-midi, elle est très en forme. Écoutez-la, qui dit « allez juste un fond » à Antoine qui vient de lui proposer un quatrième, un cinquième verre de muscadet. Regardez-la qui rit, qui raconte nos aventures au camping, qui en rajoute, fait le pitre avec moi ? Où sont ses désirs à elle, ses regrets, ses secrets ? Pourquoi n'ai-je jamais cherché à les connaître ? Pendant toutes ces années où nous avons été si proches, il me semble lui avoir toujours tout dit, de mes histoires, de mes faiblesses, de mes angoisses. Je me rends compte aujourd'hui seulement qu'elle ne m'a jamais rien confié, mais que je ne lui ai jamais rien demandé. Étais-je benêt, ou aveuglé par mes pulsions, pour n'avoir rien vu. Je ris, je plaisante, je bois moi-même, je fais honneur à cette salade de pâtes et parfois, en reposant mon verre, je la regarde puis lui. Donc ils ont... ? J'ai mis vingt ans pour poser cette question, et je regrette tellement d'avoir eu la réponse. À quoi me sert-elle, sinon à me labourer les entrailles de douleur ?

Tout à l'heure, seul avec lui, enivré de désir, j'avais tout oublié, du temps qui passe, des règles de la vie, de son histoire, de la mienne. Les vingt ans qui nous séparent d'hier me reviennent en boomerang dans la figure, vingt ans de non-dits, vingt ans de vrais et de faux secrets posés sur une table de bois blond, entre une bouteille de vin blanc et une tarte aux pommes entamée. Je sais ce qu'il me reste à faire. Cela n'est pas si facile, nous sommes englués dans ce miel doux et collant, la gentillesse. La chose n'est pas simple à écrire. J'adore la gentillesse, ce cocon

moelleux qui nous protège de la dureté du
monde. Je suis touché de la sentir si présente
ce soir, dans la générosité d'Agnès, les rires
d'Antoine, la bonne humeur de Christine. J'y
prends ma part, comment résister ? Moi aussi,
je raconte des blagues, moi aussi je me
réchauffe, le vin, la camaraderie, nos histoires. Moi aussi j'en rajoute avec notre histoire des Tournesols. Avec Christine, on fait
un petit duo parfait. On sent que, dans trois ou
quatre dîners, on pourra en faire un sketch très
réussi. En plus Agnès connaît Patrick –
Nantes est une petite ville, vous savez. Comment ? vous parlez de Legoff, le gars d'Électroloire ? dit Tony. Mais il le connaît aussi !
Le nombre de contrats qu'il a signés avec
eux ! Comme c'est drôle ! Il a refait le camp
comme il était dans les années soixante-dix ?
C'est génial ! Et on parle de tout, des enfants,
de la maison à la mer, de ce que l'on fera
demain peut-être. Christine et moi fumons
une cigarette. Tony a poussé son siège, il s'est
rapproché de sa femme, il a tendrement posé
sa main sur son bras. Nous avons continué à
parler gentiment. Une heure plus tard, j'ai fait
ce qui me tenait à cœur depuis l'après-midi.

Un moment, j'avais pensé m'enfuir alors
que tout le monde était endormi. Cela avait un
côté mélo à deux sous qui me déplaisait. J'ai

essayé de prendre les choses plus simplement. J'ai attendu qu'on se retrouve dans le petit chalet du fond, Christine et moi. Elle prenait ses affaires pour passer à la petite salle de bains cachée derrière la chambre. J'ai ramassé mon sac, mon pauvre sac plein de riens inutiles, et je lui ai dit : « Ne me demande pas pourquoi, je préfère partir.

— Partir ? Mais où ?

— Je retourne là-bas. » J'ai fait un signe de tête qui indiquait la direction des Tournesols.

Elle a protesté un peu, elle avait son petit sac de toilette sous le bras, la main sur la poignée de porte de la salle de bains :

« Ce que tu peux être chiant, toi ! Pourquoi tu fais des histoires maintenant... C'est à cause de la dispute de tout à l'heure ?

— Pas du tout Christine... mais ici c'est, c'est trop lourd !

— Pourquoi ? Qu'est-ce qu'il y a de lourd ? On est bien dans notre petite cabane... Non ? Tu préfères te cailler dans ta canadienne ? Excuse-moi, mais de temps en temps tu es un peu pénible... »

On rejouait à nouveau une scène de jadis, moi dans le rôle de l'anxieux incapable de prendre une décision et de s'y tenir. Elle dans celui de la grand sœur qui n'en peut plus des caprices du petit. Seulement cette fois la pièce était faussée. Pour une fois j'étais sûr de moi. Il était tard. Elle n'a pas insisté beaucoup plus. « Fais comme tu veux. De toute façon je te connais, tu fais toujours comme tu veux ! » J'ai pensé ajouter : « Pour une fois, c'est moi qui te le laisse. » Je ne l'ai pas fait, elle avait déjà refermé la porte de la salle de bains en soupirant.

J'ai franchi la grille rouge en essayant de ne pas faire crisser le gravier, j'ai repris la route qui longe la lande et la mer, il ne faisait pas si froid. Je pense qu'en temps normal j'aurais eu peur de marcher dans la nuit, pour repartir me jeter dans ce qui m'avait semblé, trois heures plus tôt, la gueule du loup. Depuis, j'avais beaucoup bu, cela donne du courage, parfois. Et puis qu'importait Patrick et son camping. Toutes les folies du monde me semblaient préférables à la mienne. Spectre lamentable, j'allais dans la nuit bretonne. Autour de ma tête, comme de hideux démons, bourdonnants et rageurs, tournoyaient ces pourquoi obsédants qui me torturaient depuis si longtemps. Pourquoi lui ? Pourquoi son odeur, sa peau, son corps continuaient-ils à me martyriser ainsi ? Pourquoi passais-je ma vie à regretter deux étés d'il y a vingt ans ? J'ai pleuré sur tout le chemin, à gros bouillons, comme un enfant. Avant d'escalader la grille par laquelle nous avions fui, j'ai respiré un grand coup, et mes larmes ont cessé. Un vieux réflexe, quand on rentre après l'heure, il ne faut faire aucun bruit. On entend tout, dans un camping.

15.

Il suffit de peu, parfois, pour retourner les choses. La marche dans la nuit fraîche m'avait fait du bien, les sanglots avaient étanché pour ce soir-là au moins ma soif de tristesse. En éclairant l'intérieur de ma tente, à la lueur de la torche électrique, j'avais découvert les affaires laissées hier en désordre soigneusement rangées, en pile, derrière le lit. Le geste aurait pu me faire peur, il me toucha. Ce Patrick était un drôle de gars, mais il était attentionné. En me glissant dans le duvet, je me remémorai la scène de l'après-midi avec lui. Les phrases qu'il avait prononcées me tournèrent dans la tête un moment. Tout à l'heure, elles m'étaient entrées dans l'oreille mais je ne les avais pas *entendues*. Ce type était dingue, je m'en tenais à cela. L'était-il tant ? J'en doutais maintenant. Sur la route, je geignais bêtement pour ce qui n'était rien d'autre qu'un minable petit chagrin de midinette. Comment me permettais-je de juger quelqu'un qui avait traversé les épreuves par lesquelles il était passé ? Qui sait comment je réagirais, moi, face à des drames de cet ordre ? Quelques mots traçaient leur chemin dans mon esprit : « On efface tout et on recommence ! » Cet après-midi, seul le rire qui avait suivi la phrase m'avait frappé, un rire de fou. Les paroles elles-mêmes étaient-elles si insensées ? Et s'il avait raison, et si la solution était là, après tout : ce passé qui ne voulait pas passer, si moi aussi j'essayais de l'effacer, tout simplement. Tout est plus clair, dans la nuit. La lumière se faisait soudain. Je commençai le jeu : repartir au plus profond de ma mémoire. Oublier la rencontre à l'Ami, les après-midi à la Marquise, l'été avec Christine. Me concentrer sur tous les autres qui peuplèrent ma jeunesse et refaire le film avec eux et personne d'autre. Mais non ! Pourquoi penser à eux puisque, au réveil, j'allais en retrouver d'autres, tous ces invités de Patrick que j'étais sûr au moins de ne pas connaître. C'était génial ! Il l'avait dit lui-même, il avait raison ! Tout refaire avec d'autres ! Chercher derrière leur visage de quarante ans les traits qu'ils avaient à vingt et reprendre avec eux tout le chemin ! Génial ! Il avait eu raison de le répéter, c'était le mot. Calme à présent, pelotonné dans le duvet bien chaud, j'inventais les unes après les autres des histoires pour chacun. Bercé par ces contes que je me disais à moi-même, je m'endormis doucement.

Je me réveillai tard. Il flottait dans la tente une douce chaleur de soleil que l'on ne peut ressentir, en avril, que vers midi. Des voix se rapprochant m'avaient fait sursauter. Je crus reconnaître celle de Patrick.

« Vous ! Venez à l'habillement. Toi, va le réveiller, ça lui fera plaisir, et ne traîne pas, après tu nous rejoins, tu sais qu'ici tout le monde doit être en costume... Attends, je t'annonce ! »

Puis il se pencha contre la toile, en tout cas je le suppose, parce que j'entendis trompeter un de ces faux clairons que l'on fait avec les mains et les lèvres, juste à la hauteur de ma tête : « Taratata ! sol-dat lève-toi ! Soldat lève-toi ! On t'envoie l'armée ! ! ! »

Le bruit de la fermeture Éclair. Quelqu'un entre dans la première pièce.

« Toc toc, on peut entrer ? » Cette voix-là, je la connais bien, elle vient de loin, je n'arrive pas à y croire. Une main ouvre la fermeture, une tête apparaît. Jipé ! Non, ce n'est pas possible. Je dois encore être en train de rêver, je n'y comprends plus rien. Mon Jipé, cette même peau de velours, ce même visage, un peu épaissi, sans doute et, entouré maintenant de cheveux entièrement blancs. Pâteux, en essayant de me redresser un peu plus sur le matelas comme pour esquisser un geste d'accueil, je ferme et je rouvre les yeux, je ne le reconnais pas, et je le reconnais tout à la fois. J'ai du mal à me faire aux cheveux blancs, surtout, je cherche à bredouiller quelque chose, mais c'est lui qui dit : « Salut vieux ! » et ajoute en riant : « Façon de parler bien sûr. » Je dois avoir changé aussi.

Jipé, pas un autre, pas un de ces clones étranges dont Patrick a le secret, mon beau Jipé que je n'ai pas vu depuis ? Depuis ses cheveux bruns. Il s'assoit sur le rebord du matelas, je suis un peu gêné de le recevoir comme ça, au réveil et je suis toujours sous le choc des vingt ans qui séparent le visage que j'ai devant moi de celui que j'ai connu. « C'est vrai que tu es gendarme ? » est la première chose qui me vient.

La remarque le fait rire. Gendarme, c'est une façon de dire, il bosse dans l'informatique, dans une direction qui dépend du ministre de la Défense, sur le papier il a vaguement un grade, certes, mais il n'y a que Patrick que cela amuse de le présenter comme un perdreau. « Tu connais Patrick...

— Oui... enfin non pas très bien, mais toi ? Comment tu le connais ? Tu était juillettiste comme moi, non ? Tu venais en août ? »

Ce nouveau rebondissement m'a saisi. La peur d'hier m'a repris, je prononce ces mots en chuchotant, de peur qu'on ne nous entende. Le fait ne l'émeut que peu. On venait en juillet, vraiment ? Tout cela était si loin, maintenant, il confondait, d'autant que Véro, sa femme, (« tu ne la connais pas non plus ? décidément ! ») était aoûtienne. Peut-être était-ce elle, d'ailleurs, qui l'avait présenté à Patrick. Comment savoir ? Il était donc souvent venu en août aussi, et même en septembre, quelques fois, quand ils étaient en fac. Il me tapota la jambe à travers le duvet, comme il le faisait jadis. Cela me plut de renouer avec cette tendresse :

« Et après ? Juillet, août ou avril ! tu crois que c'est vraiment important tout ça ? »

Bien sûr que non. Comme il a raison, mon beau Jipé. Il faut juste que je me fasse à l'idée, je m'y perds, à force, dans ces mensonges. Je rencontrerai donc aujourd'hui tous ces anciens amis de jeunesse que je n'ai jamais connus et même parmi eux quelques-uns que j'ai vraiment connus. L'idée me fait rire.

« Pourquoi tu te marres ? J'ai vraiment une drôle de gueule maintenant ?

215

— Pas du tout ! Je te trouve même très sexy, alors laisse-moi tranquille, sinon je te saute dessus ! »

Je suis sorti pour aller me laver, il n'y avait personne sur la route du bloc. Il fallait du courage pour se déshabiller dans cet endroit balayé par les courants d'air, mais la douche était drue et chaude. L'eau me tombait sur la tête et les épaules, et me faisait du bien. En me brossant les dents au bout du long lavabo collectif, j'entendis des rires tomber du vasistas placé au-dessus de moi. Ils venaient sans doute de la tente-vestiaire montée juste à côté. Il me sembla reconnaître aussi de bonnes odeurs de merguez. Les deux me faisaient autant envie, soudain. Je sortis la serviette sur l'épaule, la trousse de toilette à la main, comme jadis. Je sentais se dissiper les mauvaises ondes de la veille, les terreurs des jours précédents, la frustration cinglante éprouvée avec Tony. Je me retrouvais tel qu'en moi-même enfin. Finalement, une fois encore, je m'étais fait des montagnes pour bien peu. Je sentais qu'il m'en faudrait encore moins pour les oublier. Je m'arrêtai un instant à la porte du bloc. Le calme du camp, la douceur du matin, ce rayon de soleil qui me chauffait le visage, rien n'avait changé. J'avais donc vraiment quinze ans et j'étais en vacances. Erwan apparut : « Je te cherchais partout ! Viens nous rejoindre, tu as raté le petit déj', mais si tu veux déjeuner c'est maintenant, j'ai servi tout ça devant la tente-vestiaire. »

À l'intérieur du grand abri de toile, on apercevait Jipé déjà vêtu d'une somptueuse veste afghane, le front ceint d'un bandeau mauve du plus bel effet, entouré d'un petit groupe qui poussait des cris d'hystérie joyeuse en se passant la moitié des pièces de cet impressionnant magasin de costumes. Sur un grand barbecue à l'entrée rôtissaient côtelettes et saucisses. L'air embaumait moitié le graillon, moitié le patchouli. Indéniablement, c'était d'époque. Patrick était à l'entrée de la tente, qui surveillait tout cela d'un air content, son drôle de rêve se réalisait. En me voyant, il s'écria :

« Tiens, voilà le découcheur ! » Je ne m'attendais pas à le croiser si vite, je bredouillai quelque chose. Il me coupa :

« T'inquiète pas Basou ! Je suis au courant, vous vous êtes disputés, hein ? »

Je cherchais de qui il pouvait parler.

« Qu'est-ce que tu veux, ça arrive ! Ne me demande pas comment je suis au courant, comme vous n'étiez pas revenus, je me suis permis d'aller voir dans votre tente et il n'y avait pas besoin d'être Sherlok Holmes pour comprendre ! Elle s'est tirée avec ses affaires, toi, tu as voulu la retenir tu as tout jeté sur ton matelas !

En tout cas mes ennuis conjugaux n'avaient pas altéré sa bonne humeur. Il était guilleret. Je ne savais toujours pas quoi dire. Il m'envoya une bourrade dans l'épaule en ajoutant :

« Ah ! les femmes, hein ! Tu me diras, je sais ce que c'est ! Mais non, je déconne ! Elle reviendra, tu verras, c'est pas une méchante celle-là, ça se voit... »

Il avait raison au moins là-dessus, non Christine n'est pas une méchante. Quel drôle de gars ! Hier, j'en avais peur. Maintenant, je sentais que j'aimais de plus en plus sa façon curieuse de tomber à côté des choses tout en étant si juste, ce mélange que je n'avais jamais connu chez personne de gaucherie et de pertinence. Avant de s'éloigner, il me poussa à l'intérieur de la tente : « Va voir tes vieux potes, tu connais tout le monde, je vous laisse pour les retrouvailles, moi, j'ai horreur de ces moments-là. Je continue les préparations. » Jipé était toujours là, ça tombait bien, il put me présenter quelques-uns de ces vieux intimes que je n'avais jamais vus de ma vie et

avec qui j'étais bien décidé de faire connais-
sance. Je dois avouer que je me souviens en
particulier d'un couple qui me frappa au premier regard. Lui surtout – on ne se refait pas –
un grand type noir comme l'ébène et beau
comme un dieu. De quel été de jadis sortait-il,
celui-là, je l'ignore, mais je sais que déjà à
l'époque, j'aurais été ravi de faire sa rencontre. À ses côtés, vive, rieuse, et aussi
blonde qu'il était noir, une jolie petite femme
tanguait dans les bottes fourrées qu'elle venait
d'essayer. Sans façon, elle me colla dans les
bras une robe indienne en me demandant ce
que j'en pensais. Je ne les avais jamais vus, je
les aimai tout de suite. Deux saucisses et trois
bières plus tard, j'avais trouvé un sens à cette
journée : j'avais envie de la faire rire elle pour
le séduire lui. Peine perdue, de toute évidence.
Ils semblaient très amoureux, et quelle importance ? En retrouvant mon rôle de clown bla-
gueur, je sentais que je retrouvais mes forces
et mon appétit de vivre, la vieille machine se
remettait en marche, j'avais à nouveau envie
de charmer. Elle était bon public et en pleine
forme, elle rit à toutes mes blagues, même les
plus paresseuses. Il se contentait de sourire,
mais il avait le plus beau sourire de la terre.

Tout était préparé avec la méticulosité
qu'on imagine. À quoi bon en donner les

détails ? Les madeleines des uns sont toujours étouffantes pour tous les autres. Les évocations d'une époque amusent parfois ceux qui l'ont vécue, et ennuie toujours ceux pour qui elle n'évoque rien. Que puis-je vous dire ? Il se mit à pleuvoir en début d'après-midi, mais tout était prévu, on alla jouer au Risk et au Cluedo sous le préau formé par le bloc sanitaire, en mangeant des bonbons Kréma (où Patrick les avait-il trouvés ? Peut-être cela existe-t-il toujours, je n'avais plus mangé de bonbons depuis vingt ans). Les Clash, les Sex-Pistols, Gilles Vignault, Donna Summer et Joe Dassin se succédèrent au minicassette. Il me semble avoir parlé et blagué avec tout le monde, sans avoir gardé la mémoire de quiconque précisément. Vers la fin d'après-midi, un joli petit soleil repointa un bout de rayon, il était six heures, l'heure fatidique. « Au phare ! au phare ! » cria je ne sais plus qui. En effet, c'était le temps de la promenade rituelle, celle que nous avions tous faite, les cheveux à la bise, en blaguant des blagues de quinze ans. On rit, on hurla en escaladant les rochers, pour prendre le raccourci qu'on avait tous pris, par la plage. On s'agglutina sur les bancs posés sur le promontoire, en regardant le soleil tomber dans la mer, comme on avait tous fait. Un Rémi fit mine de commencer à se déshabiller. « À la baille ! à la baille ! » scanda le groupe, qui se souvenait des classiques. Puis l'homme se ravisa, même en tee-shirt, tout de même, il faisait frisquet, et personne n'eut le cœur de le mettre à l'eau. L'âge était là, on était devenus raisonnables. La troupe, toute chamarrée de pulls mauves, de vieux duffle-coats jaunes ou bordeaux, de foulards indiens formait un étonnant mélange de vieux ados, et de quelques jeunes aussi, les enfants de ceux-ci et de ceux-là, pareillement habillés à la mode d'un autre temps. Elle leur allait mieux qu'à nous.

On revint au camp pour se mettre aux préparatifs de la fête du soir, un feu de camp, bien sûr. Hier, Patrick interdisait à quiconque d'aider à quoi que ce soit. Aujourd'hui tout le monde était requis, les feux de camp, cela se prépare ensemble, c'était la tradition.

Vers sept ou huit heures, alors qu'on était déjà tous attablés, en anorak et en manteau, faisant cercle autour du grand feu, Patrick arriva dans mon dos et, d'une voix conspirateur, me chuchota à l'oreille :

« Regarde discrètement vers l'entrée. Qu'est-ce qu'on fait, on ouvre ou ça t'emmerde trop de la revoir pour l'instant et on fait comme si on ne les voyait pas ? »

Derrière la grille Christine faisait des grands signes de la main pour attirer un regard, elle était suivie de Tony et de sa femme. Nous étions une quarantaine à l'intérieur du camp. Imaginer de convaincre tout ce monde de les ignorer et de les laisser faire des signes jusqu'à la fin de la nuit était juste absurde, mais, une fois de plus, l'intention de Patrick me toucha.

« Tu rigoles, Pat', au contraire, je suis tellement content qu'elle soit revenue ! » m'écriai-je en me levant pour me précipiter vers l'entrée.

J'avais trente mètres à faire. Trente mètres pour aller chercher au fond de moi les armes dont j'avais besoin pour ne pas sombrer à nouveau. C'était simple, il fallait juste prendre un peu sur moi, avoir l'air normal, me composer un masque, m'appuyer sur une attitude simple et m'y tenir. Je sentais que cela ne serait pas trop difficile. Une fête, mes amis qui y arrivaient, on allait s'amuser tous ensemble. Tout était si normal, non ?

« Chris ! Tony ! Agnès ! C'est super que vous soyez venus, je suis content, je m'inquiétais de ne pas vous voir ! »

Antoine et sa femme s'étaient noués chacun un petit bandeau autour du front pour avoir l'air déguisé, et avaient surtout l'air de ne pas l'être. Timides, ils n'osaient entrer vraiment. Patrick marchait sur mes pas, il les reconnut :

« Pas vrai ! les Mercadet ! Quelle bonne nouvelle ! Venez, venez ! » Il ouvrit grands les bras et désigna les barbecues, les glacières : « Allez, allez ! venez donc vous servir, il y en a pour tout le monde ! pour tout le monde ! »

J'étais encore fragile, bien sûr, mais la journée m'avait fait du bien. Je ne me mentais pas à moi-même. Je savais parfaitement que sur un signe de lui j'aurais été capable de me traîner sur le sable glacé ou de ramper dans les orties, là-bas, dans les marais, pour pouvoir simplement lui rouler une pelle. Mais je savais aussi qu'il ne ferait rien ce soir. On mit les nouveaux au bout de la table. Par précaution, je restai attablé entre mon beau Noir et ma belle blonde, ils étaient mon rempart. Du coin de l'œil, je voyais Christine et la femme d'Antoine rire de bon cœur avec leurs voisins. Lui ne parla presque pas, ce n'était pas son lieu, pas sa fête, pas son petit monde. Puis je réussis à ne plus chercher à le regarder sans cesse. Je me sentais fier de moi. Ainsi donc, avec un peu de volonté, on arrive à contrôler ces forces-là ? Il était à dix mètres de moi et j'arrivais à rester de marbre, à ne pas me précipiter jusqu'à lui pour le saouler encore de mes bavardages. Quelle merveille ! L'image est idiote, je le sais, mais je me sentais comme un alcoolique qui se sait sauvé de son mal le jour où il peut s'asseoir à une table sur laquelle trône une bouteille sans trembler à l'idée de la toucher. La guérison était donc si facile ? Voulut-il y mettre du sien ? Ou tout s'enchaîna-t-il naturellement ? À peine une heure plus tard, on commençait d'attaquer les rillettes et le vin blanc, Christine vint se glisser derrière moi pour me dire qu'ils allaient partir – une route à faire demain, les enfants à retrouver, j'ai oublié le prétexte du départ. S'il fallait me raccompagner à Rennes, il valait mieux que je vienne avec eux. Ma voisine blonde avait l'ouïe fine : « Si tu veux rester, Basile, pas de problème, nous aussi on peut très bien te poser où tu veux demain. »

J'allai avec eux jusqu'à l'entrée du camp. On était un peu saouls, j'embrassai Christine puis Agnès, en redoutant le moment où j'allais sentir sa peau à lui contre mes lèvres. C'était comme ça, on s'embrassait. Une vieille habitude. Il tendit sa joue, j'y fis claquer un bécot sonore, un bécot d'enfant. Il avait placé sa main autour de mon épaule. Il était toujours ainsi, tactile, sensuel. Je sentis monter un frisson. Je n'en voulais pas, je ne voulais pas replonger. Derrière moi, le groupe se mit à hurler : « Ba-sile ! Ba-sile ! » Le gong m'avait sauvé. Je me dégageai : « Allez ! bonne route ! soyez prudents, oui, on s'appelle... »

On m'attendait pour commencer je ne sais quel jeu idiot. C'est aussi à ce moment qu'Erwan et quelques autres firent rouler jusqu'aux tables le clou de la fête, le sommet éthylique de ces réjouissances : deux immenses poubelles emplies de sangria. Du reste de la soirée ne surnagent dans ma mémoire que quelques bribes. Je me souviens un peu du discours de Patrick, ce drôle de petit être, heureux et sautillant, à côté du feu, qui tâcha de nous dire son bonheur à sa façon à lui, drôle et sinistre à la fois. Il mêla quelques blagues de mauvais goût sur son divorce à un petit couplet sur ce grand secret qui n'en était un pour personne, c'était son anniversaire, ses quarante-cinq ans, la moitié d'une vie, « et encore, si j'échappe à tout ce qui traîne, voyons, le cancer, le sida, les maladies cardio-vasculaires, les accidents de la route. Tiens oui un petit accident de la route, demain ? Sur la route de Nantes ? Et pourquoi pas ? ». Cela m'émut.

Il y eut des petits sketches, d'autres discours, d'autres jeux. Enfin, on apporta les guitares, comme avant, et les carnets de chant, les mêmes, embaumant l'alcool à brûler que l'on utilisait alors, dans les machines à copier. J'essayai de retrouver comme je pouvais des accords que je n'avais pas fait sonner depuis si longtemps. Un autre guitariste bien meilleur que moi me soutenait vaillamment. Combien de temps chanta-t-on ? Je revois tous ces visages rougis par le feu de camp, reprenant en chœur les refrains que l'on connaissait tous, rosis par le vin, le repas et le bonheur d'être là ensemble, je revois tous ces visages un peu marqués, un peu vieillis de ces amis de toujours que je connaissais depuis un après-midi et quelle importance, vingt avant, nous avions chanté les mêmes chansons, et nous étions allés nous coucher fort tard, en titubant un peu, pour faire, dans nos sacs de couchage en acrylique, les mêmes rêves.

Le lendemain après-midi, il faisait beau encore. Trois jours de suite, en Bretagne, au printemps, cela tenait du miracle. Nous étions trois ou quatre, à nous remettre au soleil de nos excès de la veille, sur le banc devant le camp, face à la plage. On refaisait la soirée, les blagues, les sketches, les litres de sangria. Le type qui était à côté de moi s'exclama :

« Et vous savez le plus drôle avec cette fête de Patrick ! C'est que Patrick, avant hier, je ne l'avais jamais vu de ma vie ! »

Je m'entendis dire :

« Et après ? On s'en fiche un peu, elle était bien cette fête, non ? » Le type cherchait quelque chose à répondre. Il tourna la tête vers moi et se tut. Patrick était à deux mètres du banc, souriant, dans ce même anorak bicolore qu'il avait le jour où je l'avais rencontré, toujours aussi énigmatique, toujours aussi jovial : « Alors mes gaillards ! C'était sympa, non ! C'était sympa, hein ! » Il répétait ça depuis le matin, à tous ceux qu'il croisait, à tous ceux qui venaient lui dire au revoir et le remercier. « Dis donc Basile, avant que je n'oublie... » Il sortit de sa poche mon téléphone portable : « J'espère qu'il ne t'a pas manqué... »

Non, il ne m'avait pas manqué. Je ne l'allumai que sur le quai de la gare où mes nouveaux amis m'avaient déposé. La messagerie était presque vide. On ne manque jamais à si grand monde, finalement. Deux appels à peine de Mme Ravie, le premier hystérique (« Basillleee, voyons, on vous cherche partout »), le second un peu moins, elle n'avait pas mis longtemps à trouver quelqu'un de bien plus intéressant que moi pour faire de la figuration dans ses débats idiots. Un appel d'un copain qui me proposait un cinéma pour la veille, et un autre de mon Victor, mon beau Victor, qui me disait qu'il était rentré de sa conférence à Berlin.

« Victor ! Mon amour ! c'est moi alors c'était...

— C'était formidable Berlin, il faudra absolument qu'on y aille tous les deux, une ville extra, des tas de connaissances à me présenter, et Lorraine, tu te souviens de ma copine Lorraine ? Elle vit avec une Allemande et elles ont un petit garçon ! Il est génial, le petit ! génial ! Mais non ! je dis ça comme ça... Et toi mon amour ! ton salon du livre à Redon ? C'était bien ? Tu rentres ce soir, tu me raconteras ?

— Oui, mon amour, une fête géniale, un type très marrant, je rentre, et je te raconterai. »

Tout rentrait enfin dans l'ordre, ma vie retrouvait ses rails, je pus sauter dans le train qui venait de se mettre à quai. Un appel encore :

« Basile, c'est Christine ! Écoute-moi, je t'appelle je ne pouvais pas t'en parler hier, je...

« Christine ? Christine ? »

Saloperie de train, il vient de repartir, et déjà la ligne est coupée. Je vais m'asseoir, je sors un journal. Je retourne au mien, demain, il serait peut-être temps que je me tienne au courant de ce qui s'est passé dans le monde. Ça vibre dans ma poche de pantalon. Un message ? Christine. Elle reprend :

« Excuse-moi, on a été coupés. Je voulais juste te dire que Tony doit venir à Paris très bientôt. Il ne voulait pas en parler devant sa femme, tu le connais. Il m'a dit que ça lui ferait plaisir de te voir. Je te donne son numéro XXXX. »

Respirer. Résister. Reprendre le journal, ne pas noter ce numéro. Oui, d'accord, le noter, mais ne pas s'en servir. Ne pas appeler. Regarder défiler la France, penser à Victor, au travail, à la vie. Trouver à penser à autre chose. Tiens, ce type, au fond du wagon, il est joli non ? Ne pas appeler. De toute façon ça ne passera pas. Alors un SMS ? non, pas un SMS. Pas avant demain, au moins. Se concentrer. Oui mais écrire quoi sur le SMS ? « a.p.p.e.l.l.e q.u.a.n.d.t.u.v.e.u.x » Ne pas l'envoyer. Pas tout de suite. Pas avant Le Mans. C'est ça, pas avant Le Mans.

Remerciements

D'abord une histoire se porte, ensuite elle s'élabore. Au cours de ce long travail, rien n'est plus important que les conseils des autres. Ève Roger m'en a donné de précieux en amont, Nicole Lattès, Leonello Brandolini et Antoine Caro en aval. Qu'ils en soient ici remerciés.

Cet ouvrage a été composé et imprimé par

FIRMIN DIDOT
GROUPE CPI

Mesnil-sur-l'Estrée

pour le compte de NiL Éditions
24, avenue Marceau, 75008 Paris
en février 2008

Imprimé en France
Dépôt légal : mars 2008
N° d'édition : 45609 − N° d'impression : 88114